Paul Katsis

Mykonos Crime 2
Rache - ekdíkisi

Paul Katsitis

Mykonos Crime 2

Rache - ekdíkisi

Bisher erschienen:

Mykonos Crime 1 Die Bestie von Mykonos
Mykonos Crime 3 Der Drei-Sterne-Mord

Andere Mykonos-Bücher:

Michael Markaris

Mykonos Love Story 1
Mykonos Love Story 2 – Das Goldene Ei
Mykonos Love Story 3 – Morgenröte über Mykonos
Mykonos Love Story 4 – Mykonos Speed
Mykonos Love Story 5 – Rape
Mykonos Love Story 6 – Der rosa Leopard
Mykonos Love Story 7 – Die Rückkehr der Leoparden
Mykonos Love Story 8 – Crash - Absturz
Mykonos Love Story 9 – Der tote Pelikan
Mykonos Love Story 10 – Photia - Feuer
Mykonos Love Story 11 – Der tote Archäologe

Impressum
Titelbild: Katsitis/Karte Wikivoyage
Copyright Paul Katsitis 2019
 ISBN 9783752854916
Herstellung und Verlag:
BoD - Books on Demand, Norderstedt

Jeder Band behandelt einen abgeschlossenen Fall, sodass die Bände nicht in der Reihenfolge gelesen werden müssen.

Bei allen Büchern der Reihe wurde der Drucksatz von griechischen Setzern erstellt. Da diese natürlich keine Fehler in Deutsch erkennen,
„rutschen" manche Fehler durch. Dafür landen zumindest einige Euro bei unterbezahlten Setzern.

Alexandros Nikakis (früher Galis), 35, war leitender Kommissar auf Mykonos.

Angelos Nikakis, 29, war Hauptkommissar in Thessaloniki.
Nach ihrem Kennenlernen beschlossen beide, den Dienst zu quittieren und auf Mykonos eine Bar zu eröffnen. Zugleich sind sie als Privatdetektive tätig.

1

Endlich war er an Bord der Fähre. Vom Deck
aus blickte er zurück auf das Chaos im Hafen
von Piräus. Ein Gewühl von Menschen, Autos
und Maschinen. Unruhig schickte sich das
Schiff an, das Hafenbecken zu verlassen. Mit
Erreichen der offenen See wurde die Fahrt
ruhiger.
Fünf Stunden.
Fünf Stunden bis Mykonos.
Dem Endpunkt seiner Reise.
Auf dem Schiff vertrieben sich die Passagiere
die Zeit mit Videospielen oder sie glaubten,
beim Einkaufen ein Schnäppchen zu
machen.
Er wollte seine Ruhe und hatte eine Kabine
gebucht. Menschenansammlungen waren
seine Sache nicht.
Er liebte die Stille und die Einsamkeit. Ob es
eine Folge seiner Kindheit war? Er wusste es
nicht. Er würde nie erfahren, wie sein Leben
sich entwickelt hätte, wenn er denn eine
Chance bekommen hätte. Aber er bekam
sie nicht. Und so waren die Ereignisse
zwangsläufig und vorprogrammiert.
Bis sie gestern ihren bisherigen Höhepunkt
erreichten.

Er hatte einen 6-jährigen Buben im Park aufgegabelt, ihn mit zu sich nach Hause genommen und dort vergewaltigt. Die Schwelle, ihn auch noch zu töten, konnte er noch nicht überschreiten. Aber er wusste, es war nur eine Frage der Zeit, bis diese Schranke durchbrochen würde.

Er empfand bei der Vergewaltigung keine Lust, ja er weinte sogar mit dem Kind. Ich weiß nur zu gut, wie dir zumute ist, Kleiner. Ich musste es auch erleiden.

Aber nicht nur einmal,

Unkontrollierter Hass kam in ihm hoch.

Ihm war nicht mehr zu helfen. Sein Leben würde bald enden. Hoffentlich bevor er auch noch die letzte Tabugrenze überschritt und auch noch tötete.

Er musste zurück zu dem Ort, an dem alles begann. Wo man ihn zu dem gemacht hatte, was er heute ist. Ein Psychopath, ein Soziopath, wie immer man es nennen mag. Den Gedanken, sich zu rächen hatte er schon lange, aber er hatte immer wieder gedacht, er könne das Alles hinter sich lassen und die Kurve hin zu einem normalen Leben schaffen. Versucht hatte er es weiß Gott. Er hatte sogar eine Beziehung zu einer Frau aufgebaut. Es schien alles zu funktionieren, aber dann – in einem seiner unkontrollierten Wutanfälle schlug er sie. Worauf sie verschwand. Spätestens seit der gestrigen Vergewaltigung wusste er nun, dass es kein Entrinnen gab. Er musste sich seiner Vergangenheit stellen. Und die hieß: Mykonos.

Als die Fähre sich der Kykladen-Insel näherte, überkam ihn ein Schauer. Trotz der 35 Grad. Da war er wieder. An dem Ort, an dem sein Leben begann. An dem Ort, an dem es zerstört wurde.

Ihm war nicht mehr zu helfen, aber vielleicht anderen.

Als die Fähre die Altstadt passierte und er die kleinen Kapellen seiner Jugend wiedererkannte, schäumte er innerlich. Niederbrennen. Man sollte alle niederbrennen.

2

Pavlos verließ die Fähre und war zunächst überrascht. Der Hafen war an ganz anderer Stelle als früher. Weit weg von der Altstadt. Aber das sollte ihn bei seinem Vorhaben nicht weiter stören. Er marschierte los, der Uferstraße entlang, am alten Hafen vorbei. Hoffentlich fuhren wenigstens die Busse noch vom Fabrika-Platz. Erleichtert stellte er fest, dass sich nicht alles verändert hatte.

Er stand vor einem Bus und als er die Aufschrift „Ano Mera" las, schossen ihm die Tränen in die Augen. Da war er. Der Name, der sein Leben veränderte – zum Schlechten. Obwohl der Ort nichts dafür konnte, was dort geschah. Aber er war zum Synonym für das Grauen geworden. Und nicht nur für ihn, sondern für viele andere.

Er bestieg den Bus und setzte sich bewusst nach hinten. Unerkannt wollte er bleiben. Und unauffällig. Sonst würde sein Plan nicht funktionieren.

Seine Eingeweide verkrampften, als sich der Bus die Serpentinen hinaufquälte. Dann sah er das Ortsschild und den Turm der Kirche. Sein Magen rebellierte und Galle stieg in ihm hoch. Pavlos versuchte sich zu beherrschen, stieg aus dem Bus und ging die kleine Hauptstraße entlang, bis er bei der kleinen

Pension ankam, in der er ein Zimmer reserviert hatte. Es war eine eher schäbige Unterkunft. Dem Anlass angemessen. Er sagte der älteren Dame, dass er kein Frühstück benötige, da er früh Wandern gehen möchte.

Erfreut nahm er zur Kenntnis, dass man keine Papiere sehen wollte und natürlich musste er keinen Meldezettel ausfüllen. Das war in Absteigen so üblich. Wo es keine Registrierkassen gibt, da gibt es auch manche Gäste nicht.

Also würde es auch keinen Mörder geben. Denn der würde er morgen werden.

Der Tag war endlich gekommen.

3

Zehn Kilometer entfernt taten sich in Ornos andere Abgründe auf. Im Hause der beiden Ex-Kriminalkommissare Alexandros Nikakis, geborener Galis, und Angelos Nikakis, war die Stimmung schlecht. Und das war noch untertrieben. Dass die Bar, die die beiden betrieben, abgefackelt wurde, war nicht der Grund. Die Versicherung hatte dank persönlicher Beziehung von Alex schnell bezahlt. Und auch ihr Detektivbüro stand nach zwei aufgeklärten Fällen gut da.

Finanziell und vor allem vom Ansehen her. Dennoch: es war ein trauriger Abend. Angelos saß nackt am Randes des Betts und heulte Rotz und Wasser. Alex saß neben ihm und hielt ihn im Arm.

Zum dritten Mal in drei Tagen ging bei Angelos gar nichts. Der Sexgott, wie Angelos sich selbst gern von Alex nennen ließ, war nicht einsatzfähig. War es beim ersten Mal noch Erstaunen, gepaart mit Lächeln, so war der gescheiterte Versuch Nummer drei nun Grund für Heulkrämpfe und Zukunftssorgen.

„Ich verstehe es nicht. Ich hatte sowas noch nie. Er ging immer."

Das konnte Alex bestätigen. Sein Ehemann konnte und wollte immer – und überall. Was ihm mehr als recht war. Alex liebte Angelos sehr, nicht nur wegen des Sexes, aber eben auch.

„Jeder Satz, den ich jetzt sagen würde, wäre verkehrt. ‚Das gibt sich', würde dich nicht beruhigen. Also gehen wir eben zum Arzt!"

„Ja. Ganz bestimmt. Und zwei Stunden später weiß die ganze Insel, dass ich impotent bin", sagte Angelos, noch immer vollkommen verstört.

„Du bist nicht impotent, nur weil du mal drei Tage keine Erektion hast", versuchte Alex zu beruhigen. „Vielleicht ist es eine Infektion. Mit 29 wird man nicht einfach so impotent."

„Und wenn doch? Soll ich mein Leben lang auf Sex verzichten? Was wird aus unserer Ehe? Du wirst wohl keinen Ehemann haben wollen, der es nicht mehr bringt", sagte Angelos.

Schon hatte er eine veritable Ohrfeige abbekommen.

„Wenn du glaubst, ich würde dich wegen Impotenz verlassen, kennst du mich schlecht. Zwar schätze ich diese Teile an dir besonders, aber ich würde auch bei dir bleiben, wenn sie ausfallen. Schreib dir das hinter die Ohren!"

„Das sagst du jetzt. Aber irgendwann wird dir etwas fehlen und dann gehst du. Könnte ich ja verstehen", brummte Angelos.

„Vielen Dank für dein Vertrauen. Glaubst du das wirklich? Dass ich dich sitzenließe? Los. Ehrliche Antwort", sagte Alex scharf.

„Nein", lautete die kleinlaute Erwiderung.

„Alex, fahr bitte in die Apotheke und kauf eine Packung ‚Viagra'!"

„Na super. Dann glaubt jeder, bei mir wäre nichts mehr los in der Hose!"

Angelos liefen wieder die Tränen herunter.

„Um Gottes Willen. Entschuldige. Natürlich fahre ich in die Apotheke für dich. Hauptsache, dir geht es dann besser!"

Es war nur ein schniefendes ‚Danke' zu hören.

4

Mit dem Gang in die Apotheke fing aber die Pein für Alex an. Es war vollkommen egal, in welche Apotheke er gehen würde, der Viagra-Kauf würde die Runde machen. Christoforou, der Apotheke war die leibhaftige Verkörperung der Weitererzählpflicht zur Erbauung der anderen Inselbewohner. Egal, was sie dort kaufen, eine halbe Stunde später wusste es halb Ornos.

„Eine Packung Viagra, bitte!"

Christoforou lächelte.

„In Ihrem Alter? Das ist dann doch ein bisschen früh!"

Alex beschloss, ihn einfach zu ignorieren.

„Eine Packung Viagra, bitte!"

„Ja also, ich muss schon wissen für wen, denn es gibt erhebliche Nebenwirkungen."

„Es ist für meinen Mann und wenn Sie es weitertratschen, schleife ich Sie vor die Apothekerkammer", knurrte Alex.

„Für Ihren Mann? Na, das ist ja kaum zu glauben. Der ist doch topfit. Ist ja auch viel jünger als Sie."

Angelos war gerade sechs Jahre jünger als er.

„Es ist also für Sie. Dann sollten wir aber den Blutdruck messen", sagte der Apotheker.

„Kommen Sie doch ein bisschen näher", meinte Alex.

„Warum?"

Eine Sekunde später kannte er die Antwort. Alex verpasste ihm einen Schlag aufs rechte Auge.

„Jetzt geht´s meinem Blutdruck erheblich besser."

Alex fuhr in die nächste Apotheke, erklärte, er sei impotent und er brauche eine Packung Viagra und sein Blutdruck sei vollkommen in Ordnung.

„42 Euro für vier Tabletten? Sex ist wohl nur noch etwas für Reiche", blaffte Alex.

„Sie können natürlich auch Hühnerbrühe mit Ginsengwurzeln kochen. Altes Hausrezept", sagte die ältere Apothekerin.

Die hatte bestimmt schon seit dem Krieg keine Erektion mehr gesehen.

Aber Alex konnte nicht noch einen Apotheker schlagen, geschweige denn eine Frau. Er bezahlte.

„Gute Besserung, Herr Kommissar!"
Kurz blieb er stehen ...

Zuhause angekommen, wartete Angelos schon an der Türe.

„Du brauchst dir keine Sorgen machen. Das Gerücht, ICH sei impotent, macht schon die

Runde. Und dem Apotheker habe ich eine reingehauen. Das Ganze endet also bei Amtsrichter Mantzaris und spätestens dann weiß es die ganze Insel.

Alex kochte noch immer.

„Dann weißt du jetzt, wie das mit Gerüchten ist. Dass ich dich schlage, glaubt noch immer die halbe Insel. Aber ist das jetzt wirklich wichtig?", fragte Angelos.

„Nein, bitte entschuldige. Wichtig bist mir nur du. Dann machen wir uns mal ans Werk!"

Zwanzig Minuten später war klar, dass im Hause Nikakis dunkle Wolken aufzogen.

Alex war ratlos. Angelos heulte.

„Hör zu. Da muss jetzt ein richtiger Arzt her. Ich kenne den Chef der Urologie in Athen. Ich rufe ihn morgen früh an und dann fliegen wir hin. Und bleiben solange, bis das beste Stück meines Ehemannes wieder in Topform ist."

Aber Angelos war ein Häufchen Elend. Und Alex konnte es verstehen.

„Ich habe seinen Sohn mal mit 200 g Koks erwischt – und laufen lassen. Der schuldet mir noch was. Vertrau mir. Ich tue alles, was ich kann. Und sag mir, wenn ich etwas falsch mache. Für mich ist die Situation auch neu und schwierig. Kuscheln?"

„Ja, bitte", kam leise von Angelos.

„Mehr geht eh nicht!"

„Mir reicht das", sagte Alex.

„Ja, nur für wie lange?"

„Noch eine Ohrfeige?"

Es war das erste Mal, dass Angelos an diesem Tag lächelte. Immerhin.

„Solange du nach Pfirsich riechst, könnte ich dich ohnehin nicht verlassen. Danach bin ich süchtig. Und das weißt du!"

„Ich weiß nicht, ob wir den Ärzten von der Vergewaltigung erzählen sollen. Dann schieben sie mich gleich in die Psychoecke", flüsterte Angelos.

„Wir müssen alles erzählen. Auch wenn ich nicht glaube, dass ein Opfer drei Jahre später plötzlich Erektionsstörungen bekommt."

„Wohl eher Erektionsausfälle!"

5

Pater Nikos war an diesem Morgen missge-
launt. Die Frühmesse war kein Vergnügen
gewesen. Acht Besucher, Gläubige konnte
man sie nicht nennen.
Nicht mal die alte Sorbas war gekommen.
Wahrscheinlich war sie bei ihrer Lieblings-
beschäftigung, dem Tratschen in der
Bäckerei Koutsothanasis hängengeblieben.
Dann waren noch zwei Touristen im
Kirchenraum, bei denen sogar einmal das
Handy klingelte.
Und ein jüngerer Mann, den er hier noch nie
gesehen hatte. Keiner seiner Messebesucher
war überhaupt unter 30. Für seinen und den
göttlichen Segen interessierte sich niemand
mehr. Dabei könnte diese verdorbene Welt
die christliche Botschaft durchaus
gebrauchen.
Es war kalt im Umkleideraum und er hatte
gerade das Gewand abgelegt, als die Türe
aufging.
Wer zum Teufel kann das sein? Noch dazu
ohne anzuklopfen.
„Haben Sie keine Manieren?", keifte Pater
Nikos.
„So wie Sie?"
Es war der junge Mann, der ihm schon bei
der Messe aufgefallen war.

„Warten Sie gefälligst draußen, bis ich umgezogen bin!

„Nein. Ich finde es so passender. Mit heruntergelassener Hose. Ist doch Ihr Markenzeichen. Oder haben Sie sich auf den Pfad der Tugend begeben?"

Pater Nikos schaute sich den Mann näher an. Irgendetwas an ihm kam ihm bekannt vor.

„Raus hier! Aber plötzlich!"

„Wieso denn? Sonst haben Sie mich nie hinausgeschickt. Im Gegenteil. Ich musste immer bleiben. Und das nicht zu meinem Vergnügen."

Der junge Mann drehte sich um und schloss die Türe ab.

„Was soll das? Ich rufe jetzt die Polizei!"

„Wie denn? Hier gibt es kein Telefon! Oder funktioniert das neuerdings über den Heiligen Geist?"

Der junge Mann lachte.

Da erkannte ihn Pater Nikos.

„Pavlos?"

„Hat aber lange gedauert. Ja, Pavlos. Der Pavlos, zu dem Sie ins Bett gekrochen sind. Als ich sechs Jahre alt war. Mit dem Sie sehr unchristliche Dinge getan haben. Und das jahrelang. Immer und überall, Sie Heuchler und Vergewaltiger!"

Aber Pater Nikos zeigte sich weder erschrocken, noch reuig.

„Hast du Beweise? Gab es Zeugen? Also mach, dass du fortkommst!"

Der junge Mann zog eine Pistole mit Schalldämpfer.

Pater Nikos lachte.

„Der kleine Pavlos und eine Pistole. Du hast als kleiner Junge nicht einmal das leere Tor getroffen. Ein Nichtsnutz wie seine Eltern, die ihren Balg einfach vor der Kirchentüre abgelegt haben. Nimm das Spielzeug weg und dann verschwinde!"

„Nein. Sie haben mein Leben zerstört. Und sicherlich noch weitere. Heute ist der Tag der Abrechnung. Pavlos schoss Pater Nikos ins Knie.

Der stürzte und schrie wie am Spieß. Pavlos eilte zu ihm und stopfte ihm ein Tuch in den Mund. Dann setzte er sich auf den Brustkorb des Paters und schlug ihm so lange ins Gesicht, bis dieser ohnmächtig wurde. Aus seinem Rucksack zog er vier riesige Nägel. Er trieb sie mit kräftigen Schlägen durch die Hand- und Fußrücken. Die Schmerzen ließen Pater Nikos wieder aus seiner Ohnmacht erwachen. Er schrie, doch Pavlos schüttete ihm eine Flüssigkeit über das Gesicht und den Mund, sodass nur noch ein Gurgeln zu hören war. Den Rest der Flüssigkeit goss er über den Geschlechtsteilen aus. Es erschien Pavlos besonders angebracht. Er besah sich sein Werk und holte ein Feuerzeug aus der Tasche.

„Weißt du, was heute für ein Tag ist?"

Am Boden wälzte sich Pater Nikos vor Schmerzen, aber auch vor Angst. Der kleine Pavlos machte tatsächlich ernst.

„Du weißt nicht, welcher Tag heute ist? Es ist Nikos Himmelfahrt!"

Eine Sekunde später brannte Pater Nikos lichterloh. Eine Fackel, deren Geschrei auch durch den Knebel zu hören war.

Pavlos labte sich noch kurz an dem Anblick. Davon hatte er Jahre geträumt.

Er verließ den Raum und schloss hinter sich ab.

6

„Hör zu, Aris, es geht um meinen Mann. Er hat eine, äh, erektile Dysfunktion oder wie das heißt!"

„Alex, habe ich dich richtig verstanden? Hast du ‚mein Mann' gesagt?"

„Ja. Ich bin verheiratet mit einem Mann und irgendjemand muss uns helfen. Hast du Zeit für uns?"

„Der große Schürzenjäger heiratet einen Mann. Ich hoffe, du bist glücklich. Also trotz des Problems", sagte Aris, Leiter der Urologie am Universitätsklinikum Athen.

„Es ist nicht nur ein Problem. Es ist eine Katastrophe!"

„Na, ganz so schlimm wird´s schon nicht sein. Natürlich helfe ich euch. Schließlich hast du meinen Sohn vor größerem Ärger bewahrt. Ich habe aber erst übermorgen genug Zeit. Dann könnten wir aber alle Untersuchungen auf einmal machen."

„Toll. Du musst eines vorher wissen. Mein Mann ist vor drei Jahren brutal vergewaltigt worden. Er spricht nicht darüber. Ich kann mir zwar nicht vorstellen, dass das drei Jahre später zu einer Impotenz führt, aber ..."

„Jetzt ist Kommissar Galis schon ausgewiesener Urologe", sagte Aris lachend.

„Erstens gibt es den Kommissar nicht mehr. Zweitens heißt er Nikakis. Und drittens dachte ich, es ist besser, du weißt es, bevor wir uns eine halbe Stunde mit der Geschichte quälen."

„War nicht böse gemeint, Alex. Dein Mann tut mir leid, am meisten wegen dieser Vergewaltigungsgeschichte. Dennoch liegst du falsch. Solche Ereignisse kommen manchmal erst nach Jahrzehnten ans Licht. Auch wenn man jahrelang nichts gemerkt hat."

„Oh Gott. Bitte lass es etwas Harmloses sein!", sagte Alex.

„Das werden wir übermorgen sehen. Bin schon gespannt auf deine bessere Hälfte!"

„Aber geh bitte pfleglich mit ihm um. Der ist völlig von der Rolle!"

„Ich bin kein Monster, sondern Arzt, Herr Nikakis!"

7

Pavlos wusste, dass ein Unbekannter früh um sieben Uhr auf den Straßen von Ano Mera auffallen würde. Deswegen lief er querfeldein bis zur Straße nach Elia. Die Mauern der Kirche hatten die gedämpften Schreie von Pater Nikos verschluckt. Solide, alte Bauweise.
Er schätzte, dass er einen Vorsprung von etwa einer Stunde haben würde.
Hinter einem Felsen nahm er den angeklebten Bart ab und überprüfte mittels des Handspiegels, ob nicht noch Klebereste im Gesicht hingen. Die Gläubigen in der Kirche würden sich nur an den Bart erinnern.
Nach 45 Minuten erreichte er den Flughafen von Mykonos. Da er nur Handgepäck hatte, saß er nur wenige Minuten später an Bord der 7.25 Uhr-Maschine der Aegean Airways. Für die Anreise wäre ein Flug nicht infrage gekommen. Seine Utensilien waren zu auffällig. Doch jetzt zur Flucht – ideal.
Sein Vorsprung war mehr als ausreichend. Pater Nikos war bekannt dafür, dass er sich nach der Messe noch einmal hinlegte und man ihn tunlichst nicht stören sollte. So fiel erst Bruder Michael auf, dass er nicht, wie

gegen 11.00 Uhr üblich, in seinem Büro saß. Das war mehr als ungewöhnlich, ehrlich gesagt undenkbar. Pater Nikos funktionierte wie eine Atomuhr. Selbst sein Stuhlgang findet jeden Tag zur selben Minute statt, witzelten die Klosterbrüder.

Bruder Michael betrat die Kirche und schaute sich um: niemand. Aber es lag ein seltsamer Geruch in der Luft. Wie bei einem Grillfest. Nur etwas süßlicher.

Die Türe war verschlossen – und das war sie nie. Selbst das Umziehen geschah immer bei offener Tür.

„Pater Nikos?" Keine Antwort.

Bruder Michael war unschlüssig. Würde er das Schloss aus einem nichtigen Grund zerstören, würde Pater Nikos ihn mehr als maßregeln. Der Alte konnte mehr als ungemütlich und sehr unchristlich sein. Dennoch: vielleicht hatte er einen Schlaganfall oder Ähnliches erlitten. Er nahm die schwere Absperrstange, die Besucher vom Betreten der Kirche während eines Gottesdienstes abhalten sollte, und hob auf das Schloss ein. Nach dem dritten Schlag gab es nach und er konnte die Türe öffnen. Im Zwielicht war zunächst nicht viel zu erkennen. Elektrisches Licht gab es in diesem Raum nicht. Als er die Kerzen entzündete und näherging, sah er eine Gestalt am Boden liegen.

„Heilige Mutter Maria!"

Er hatte Pater Nikos gefunden. Zumindest dessen Reste. Viel war nicht mehr zu erkennen. Gesicht und Unterleib schienen mehr verbrannt zu sein als der Rest. Am Körper waren noch Reste des Überwurfs zu erkennen.

Dann erst sah Bruder Michael die Nägel, die man Pater Nikos durch die Hände und Füße getrieben hatte.

Der Anblick gepaart mit dem schrecklichen Geruch von verbranntem Fleisch ließ dem Mönch das Bewusstsein schwinden.

Und so blieb das Verbrechen noch unentdeckt. Zu einem Zeitpunkt, als der Täter in Athen das Flugzeug am Gate A 13 verließ.

8

In Ornos kamen Alex und Angelos Nikakis ins Schleudern. Zu viele Ereignisse, zu wenig Zeit.

„Dein Freund hat erst übermorgen Zeit?", fragte Angelos sichtlich enttäuscht.

„Angelos, normal müsstest du wochenlang von einem Facharzt zum nächsten rennen und Aris räumt einen ganzen halben Tag frei, damit er alle Untersuchungen auf einmal machen kann. Und du bist unzufrieden. Also manchmal ..."

„Entschuldige. Du hast recht. Ich bin dir sehr dankbar für deine Hilfe. Ich bin nur so durcheinander und ehrlich gesagt habe ich Angst!"

Alex nahm Angelos in den Arm.

„Wir schaffen das gemeinsam. Egal wie es ausgeht. Und in Kürze habe ich meinen Sexgott wieder!"

Das war leider der falsche Text.

„Der Sexgott, der keinen mehr hochkriegt."

„Das war doch nicht so gemeint. Ich will alles richtig machen und mache doch alles verkehrt", sagte Alex leise und ein wenig ratlos.

„Nein. Du machst alles richtig. Ich kann nur nicht klar denken!"

Das aber wurde die nächsten Minuten nicht besser.

Zunächst rief Richter Mantzaris an – und bestellte Alex ein. Der Apotheker hatte ihn angezeigt. Fünf Minuten später rief der Bürgermeister an. Es habe in Ano Mera einen Mord gegeben, einen „unschönen Mord", wie er es nannte.

Als ob es schöne Morde gäbe.

„Gut. Wir gehen zuerst zum Bürgermeister. Heute und morgen können wir uns um die Leiche kümmern, übermorgen fahren wir aber nach Athen und wenn er sich auf die Hinterbeine stellt. Das hat Vorrang. Danach gehen wir zum Richter. Ich erzähle ihm, es wäre passiert, weil ich so verzweifelt bin, dass ich Erektionsprobleme habe.

Einverstanden?"

Angelos lächelte und nickte.

Wenigstens etwas.

9

„Es muss ein entsetzlicher Anblick sein. Halb verbrannt. Die ganze Insel weiß es schon", sagte Bürgermeister Christeas.

„Und ich befürchte, dass sich Athen auch noch einmischt. Der Bischof wird denen sehr schnell Druck machen. Wir – also Sie – müssen sofort zu Werke gehen."

„Kein Problem. Wir fahren umgehend zum Tatort. Also nachdem wir mit Richter Mantzaris gesprochen haben. Der hat uns um einen Besuch gebeten. Danach fangen wir an. Brauchen wir in dem Falle eine Autopsie, dauert es drei Tage, bis wir das genaue Ergebnis haben. Damit das Bistum zufrieden ist, würde ich eine komplette Autopsie anordnen. Nicht, dass wir uns hinterher Vorwürfe machen lassen müssen. Übermorgen sind wir beide ohnehin in Athen. Dann können wir auch vor Ort mit dem Pathologen sprechen."

Christeas dachte kurz nach und es kam die unvermeidliche Frage:

„Was machen Sie denn in Athen? Müssen Sie denn beide hin?"

„Ja, leider. Es geht um eine Nachlass-geschichte. Und Freitag ist der letzte Termin. Aber wie gesagt, die Autopsie wird frühestens Freitagnachmittag erledigt sein.

Und wir gehen direkt vom Termin dort hin und fliegen dann zurück."

„Gut. Sagen Sie mal, Angelos, Sie machen ein Gesicht, als wäre Ihre Mutter verstorben. Sie sind sonst doch recht quirlig!"

Wenn bei dir in der Hose tote Hose wäre, würdest du auch so schauen, dachte Alex.

„Ich habe mir irgendeinen Virus eingefangen", sagte Angelos mit gequältem Gesicht.

Christeas schaute entsetzt.

„Und dann stecken Sie vielleicht mich noch an. Dann geht auf dieser Insel doch gar nichts mehr", meinte Christeas allen Ernstes.

Alex hätte gerne laut aufgelacht.

„Keine Sorge, Bürgermeister, es ist kein offene TBC. Und wir sind auch schon fort!"

Alex stand auf und Angelos folgte ihm.

„Das hast du wirklich gut gemacht. Wie ich immer sage. In manchen Dingen bist du cleverer als ich. Danke!"

Alex lächelte und gab Angelos einen Kuss auf die Wange.

„Ah, die Herren Nikakis. Nehmt doch Platz!"
Richter Mantzaris war offensichtlich bester
Laune, aus welchem Grund auch immer. Der
tote Priester schien ihm jedenfalls nicht aufs
Gemüt geschlagen zu sein. Gute Voraus-
setzungen für eine Standpauke, die Alex
sicherlich erwarten würde.

„Ach, Alex, was soll ich denn mit dir
machen? Du kannst doch als Ex-Kommissar
keinen Apotheker schlagen. Auch wenn ich
es bei Christoforou mehr als verstehen kann!"
Das fing gut an, ging aber leider dann in die
erwartete Richtung.

„Ich hörte, es ging um Viagra?", fragte
Mantzaris sichtlich vergnügt.

„Ja. Eher darum, dass Christoforou die
Schweigepflicht für eine unverbindliche
Empfehlung hält", antwortete Alex.

„Du hast also Erektionsprobleme?", bohrte
Mantzaris weiter und Alex konnte schlecht
die Antwort empört verweigern, sonst würde
die Strafe happig werden.

„Ja, und das Zeug sollte ja helfen. Tat es aber
nicht. Nun fliegen wir übermorgen nach
Athen zur Untersuchung."

„Im Vertrauen, Alex. Ich hatte die gleichen
Probleme. Bei mir hatte es mit der Prostata zu
tun!" Es folgte eine sehr detaillierte und

unappetitliche Schilderung der richterlichen Odyssee, die Angelos sicherlich zusätzlich verunsicherte.

„Und Angelos schaut auch ganz mitgenommen aus. Kopf hoch!"

Das Wort „hoch" war nun wirklich unpassend.

„Eine Ehe kann durchaus auch fast ohne Sex funktionieren. Schauen Sie sich meine an", meinte Mantzaris durchaus vergnügt.

Das war dann der Moment, in dem Angelos aufschluchzte.

„Oh Gott. Habe ich etwas Falsches gesagt? Du wirst Alex deswegen doch nicht verlassen? Das wäre wirklich schäbig und sähe dir überhaupt nicht ähnlich. Soweit kenne ich dich. Aber vielleicht ist das Problem in ein paar Tagen erledigt!"

„Ja, vielleicht", schniefte Angelos.

„Zurück zum Thema. 100 Euro für das Kinderheim, Alex. Einverstanden?"

„Auf jeden Fall."

„Und da wären wir beim zweiten Thema. Pater Nikos", sagte Mantzaris.

Dass er nicht „der arme Pater" sagte oder „das arme Opfer" ließ Alex aufhorchen.

„Ich habe gehört, er wurde ziemlich zugerichtet. Sie müssen wissen, dass der heilige Herr von Rhodos hierher strafversetzt wurde."

Dass Ano Mera eine Strafversetzung war, konnte Alex gut nachvollziehen. Vor allem, wenn man von Rhodos kam.

„Was hat er denn dort angerichtet?", fragte Angelos.

Und Alex war gottfroh, dass Angelos wieder in die Gänge kam, denn eine Mordermittlung mit einem schweigenden Partner würde sehr schwierig werden.

„Nun, wie bei allen Priestern gibt es nichts Handfestes, weil die Kirche die Schotten dichtmacht. Da gibt´s dann eigene Ermittler und deren Ziel ist einzig und allein ..."

„...das Vertuschen", ergänzte Alex.

„Genau. Die Höchststrafe ist die Versetzung in eine öde Pfarrei", erklärte Mantzaris.

„Dann muss er es wild getrieben haben, wenn er nach Ano Mera musste", meinte Alex.

„Ja, mein Kollege in Rhodos hat mich damals angerufen – und das ist mindestens 15 Jahre her -, dass Pater Nikos einmal Gelder für ein Wasserprojekt beiseite geschafft hat. Dass Fass zum Überlaufen brachte dann, dass er ein Verhältnis zur Frau eines Gemeinderates hatte. Und das war nicht nur ein böswilliges Gerücht, denn der Ehemann hatte Detektive beauftragt und die zwei Turteltäubchen auf Zelluloid verewigt!"

Turteltäubchen? Sagt man das im Jahre 2018 noch?

Gedanke 2: Hoffentlich bleiben uns solche Aufträge erspart. Dann lieber ein anständiger Mord. Da kam bei Alex wieder der Kommissar durch.

„Aber nicht einmal das reichte den heiligen Herren für irgendeine Strafe oder einen Ausschluss!"

„Dann wäre der Ehemann ja schon mal ein potentieller Täter", sagte Alex.

„Ach Alex, das war vor fünfzehn Jahren!", erwiderte Angelos.

„Stimmt. Blöd von mir!"

„Jetzt sei doch mal etwas rücksichtsvoller mit deinem Mann. Der hat es mit seiner Impotenz gerade nicht leicht", knurrte Richter Mantzaris.

Und Angelos stand der Mund offen.

„Jedenfalls macht euch darauf gefasst, dass die ganze Popenbagage kräftig mitmischen, aber die Aufklärung verhindern wird!"

Tolle Aussichten, dachte Alex.

Tolle Aussichten, dachte Angelos, meinte aber etwas ganz anderes.

„Dann fahrt mal hinüber. Die Polizei, also besser gesagt Jonas, ist ja schon draußen. Der Chefarzt der Klinik kommt erst um 14.00 Uhr." „Hoffentlich hat Jonas bis dahin nicht wie üblich alle Spuren zertrampelt und alles

angefasst", jammerte Alex schon prophy-
laktisch.

„Meines Wissens hast du ihn ausgebildet oder
täusche ich mich da?", fragte Mantzaris mit
süffisantem Lächeln.

„Versuch du mal, einer Schildkröte das
Fliegen beizubringen", lautete Alex´ Antwort.
Mantzaris lachte.

„Also, meine Herren. Viel zu tun. Viele Quer-
schüsse. Kommt euch der Kirchenkommissar
zu blöd, kann ich ihn zeitweise ausbremsen!
Bis ich einen Anruf aus Athen bekomme."
Alex und Angelos machten sich ans Gehen,
da rief ihnen Mantzaris nach:

„Und Angelos! Nimm Rücksicht auf deinen
Mann! Er war immer gut zu dir."

„Das war er, ja. Natürlich helfe ich ihm",
sagte Angelos.

Beim Hinausgehen sagte Angelos:

„Danke, Alex. Aber warum fordert mich jeder
auf, gut zu dir zu sein? Bin ich das denn nicht
immer? Das macht mich jetzt fast noch mehr
durcheinander als die andere Geschichte!"

„Ich kann mich über nichts beschweren –
seitdem du mich nicht mehr schlägst", sagte
Alex lächelnd, aber Angelos war nicht nach
subtilem Humor, blieb stehen und schaute
konsterniert.

„Du willst es jetzt hören, oder? Du bist die Liebe meines Lebens. Ich werde dich nie verlassen, egal was passiert. Nie. N-I-E. Geht das in deinen Schädel hinein? Mein Gestotter auf dem Parkplatz war der Wendepunkt in meinem Leben. So! Ist dir das zu wenig?"

„Nein. Und dein Gestammel damals war filmreif. Das Süßeste, was ich je erlebt habe. Ich habe mich die letzten Tage oft gefragt, was du wohl machen wirst, wenn ... Von Hirn und Herz kam dieselbe Antwort: Alex bleibt. Zumindest solange, wie ich nach Pfirsich rieche..."

„Und das funktioniert ja noch. Der Rest auch bald wieder. Und dann war das nur eine Episode. Übel, aber vergessen!"

Ganz so einfach sollte es dann doch nicht werden.

11

Te Deum.

Jonas mochte die Chorproben in der Kirche in Ano Mera. Er wusste, dass er ein guter Sänger war. Immer wieder hatte Pater Nikos ihn gelobt für seine klare, „von Gott gegebene" Stimme. In diesen Momenten konnte Jonas vergessen, dass er offensichtlich keine Eltern hatte, wie ihm Pater Nikos und Bruder Michael immer wieder versichert hatten. Auf die Frage, wie er denn auf die Welt gekommen sei, hörte er immer, Gott sei Mutter und Vater zugleich. Und da Pater Nikos sein Vertreter auf Erden war, müsse Jonas ihm folgen wie einem Vater.

Das tat er auch immer. Etwas gegen Gottes Willen zu tun, würde ihn zwangsläufig in die Hölle führen.

Da wollte Jonas nun wirklich nicht hin.

Also muss es wohl gottgewollt sein, dass Pater Nikos abends sich in Jonas´ Bett legte und seinen Körper streichelte. Das war ihm mit seinen 5 Jahren nicht unangenehm. Aber Pater Nikos wollte immer, dass Jonas ein Teil des Paters anfasste, das groß, haarig und eklig war. Jonas selber hatte das gleiche Teil, aber viel kleiner. Immer wieder musste er des Paters Teil bewegen und dieser gab immer so komische Laute von sich. Wenn er dann fertig war, lobte Pater Nikos Jonas und sagte ihm, Gott sei ihm wohlgesonnen. Einmal hatte er sich geweigert, als es ihm nach dem Abendessen richtig übel war. Zur Strafe musste er aufstehen und die Hose herunterlassen.

Pater Nikos zeigte ihm eine Kerze.

„Diese Kerze steht für die Erleuchtung durch Gott", sagte er.

Dann spürte Jonas einen furchtbaren Schmerz im Hintern, der immer wieder kam. Er heulte und flehte, doch nichts half.

Gott bestrafe Ungehorsam.

Das war schlimmer, viel schlimmer, als wenn sich Pater Nikos zu ihm legte.

Und so weigerte sich Jonas nie mehr und machte brav, was der Pater von ihm wollte.

Nun hatte ihnen Bruder Michael mitgeteilt, dass Gott Pater Nikos zu sich gerufen habe. Wie für jeden 6-jährigen waren alle Männer über 50 steinalt. Und alte Menschen werden nun mal von den Engeln abgeholt.

So hatte es Bruder Michael ausgedrückt. Über die wahren Umstände des Todes erfuhren die Kinder des Waisenheimes nichts. Sie hätten es nicht verstanden und die Frage gestellt, wie Gott denn so etwas zulassen könne.

Stattdessen vertraute man auf ihren infantilen Glauben. Da die Jungen von der Außenwelt praktisch abgeschnitten waren, blieb ihnen nur eines übrig: das zu glauben, was ihnen erzählt wurde. Andere Ansichten hörten sie nicht und gab es daher nicht. Darauf achtete man. Bei den seltenen Gelegenheiten, bei denen die Kinder mit Fremden in Berührung kamen, war ihnen jedes Gespräch ohne Beisein eines Bruders strengstens verboten.

Es würde sich trotz des Todes von Pater Nikos nichts ändern.

Und so wunderte sich Jonas nicht, als in der folgenden Nacht Bruder Michael zu ihm ins Bett kam und begann, ihn zu streicheln.

12

Es war immer das Gleiche. Sobald Alex und Angelos an einem Tatort auftauchten, begann Jonas, auf dem Papier Leiter der Polizei, herumzuzicken. Natürlich wusste er, dass die Gemeinde schwere Kriminalfälle an die beiden Ex-Kommissare abtrat. Sie lösten alle bisherigen Fälle und waren unter dem Strich erheblich billiger als eine Kommissar-stelle, auf die sich Jonas Hoffnung gemacht hatte. Das aber stand nie zur Debatte. Er war schlicht zu dumm dafür.

Um Alex und Angelos das Leben möglichst schwer zu machen, bemühte er sich redlich um die Kontaminierung des Tatortes.

„Hallo Jonas, verpiss dich", war somit Alex´ erster Satz.

„Blöde Schwuchtel", die entsprechende Antwort, nach der Jonas auch wirklich ging.

„Kannst du nicht etwas freundlicher sein? Irgendwann brauchen wir den Idioten vielleicht noch!", meinte Angelos.

Vor dem Tatort stand ein erstaunlich junger Mann, der ihnen den Zutritt verweigerte.

„Aus dem Weg. Kriminalpolizei", knurrte Alex.

„So, ich dachte, die war gerade hier?", gab der junge Mann zurück.

„Erst lesen, dann weiterreden!" Alex zeigte ihm die Vollmacht des Bürgermeisters.

„Und Sie sind bitte?"

„Apostolos Gekas vom Bistum. Ich untersuche diesen Fall hier!"

Alex lachte laut auf.

„Sie halten mindestens einen Kilometer Entfernung vom Tatort und uns ein. Verstanden? So etwas wie eine Kirchenpolizei gibt es nicht. Steht jedenfalls nicht in der Verfassung. Und wir haben einen Richter, der liebend gerne mal einen Popen einsperren würde!"

„Erstens, Sie Rüpel, verbitte ich mir das Wort ,Pope' und zweitens handelt es sich um eine innerkirchliche Angelegenheit!"

„Zum Zwecke der Vertuschung und Verschleierung. Wären Sie an der Wahrheit Interessiert, würden Sie uns unsere Arbeit machen lassen!", knurrte Alex.

„Die Wahrheit kennt nur Gott", entgegnete Gekas.

„Und am Ende des Falles wir", sagte Alex und deutete auf sich und Angelos.

„Blasphemie und Überheblichkeit. Ich telefoniere mit dem Bischof und der dann mit dem Innenminister. Dann ist es vorbei mit Ihrer Arroganz!"

„Oh, der Innenminister weiß schon Bescheid. Sie vergessen, wir haben eine linke Regierung!", rief Alex Gekas hinterher.

Zumindest hierfür taugt diese Regierung etwas.

„Mein lieber Alex. Du schaffst es wirklich, jeden Menschen gegen dich aufzubringen", sagte Angelos.

„Am Tatort kann nur einer das Sagen haben. Und den Kirchenfuzzis werde ich einen Strich durch die Rechnung machen, wenn sie ein falsches Spiel treiben!"

Inzwischen kam Gekas lächelnd zurück.

Kein gutes Zeichen.

„Der Innenminister ist mit dem Bischof über-eingekommen, dass Sie mich zu informieren haben", sagte er triumphierend.

„Dann informiere ich sie hiermit, dass ich um 16.00 Uhr eine Pressekonferenz geben werde und dann auch auf die Vorgeschichte von Pater Nikos auf Rhodos eingehe. Das Bestei-gen von Frauen und das Stehlen von Geldern für Afrika schafft es bestimmt in die ‚Breaking News'", gab Alex lässig zurück.

„Das wurde nie bewiesen!"

„Macht nichts. Aber man darf durchaus sagen, dass es diesbezügliche Gerüchte gab. Und dass wir untersuchen, ob es auf Mykonos zu ähnlichen Vorfällen kam."

„Das wagen Sie nicht", sagte Gekas bleich.

„Da kennen Sie ihn aber schlecht. Jetzt lassen Sie uns doch endlich unsere Arbeit machen. Oder sollen wir vor den TV-Kameras sagen, dass wir behindert werden? Gibt keine gute Presse!", mischte sich Angelos ein. Und so zog Gekas endlich davon.

„Wenn man schon Apostolos heißt!", knurrte Alex.

„Also, wo ist denn nun der Pater? Ach herrje, na, da muss Gott wohl gerade Frühstückspause gemacht haben. Mit göttlichem Beistand war es nicht weit her. Gesicht verbrannt, der Unterleib ebenfalls. Dazwischen war der Umhang angekokelt, aber das Gewebe darunter vermutlich intakt. Die Beine hatten wohl mehr Brandflüssigkeit abbekommen, sie sind abgefackelt. Da haben wir aber noch ein Einschussloch im Knie. Schau!"

„Du hast recht. Mit dem Schuss außer Gefecht gesetzt. Die Schreie hört durch die dicken Mauern niemand. Benzin aufs Gesicht und den Unterleib, zwei Streichhölzer und schon fährt der Herr Pastor gen Himmel. Aber schau genau hin. Er hat Löcher in den Händen und Füßen. Aber es sind keine Nägel zu sehen", sagte Angelos.

„Drei Mal darfst du raten, wer die entfernt hat. Und ich glaube nicht, dass es Jonas war. Ich frage ihn gleich mal."

Der bestätigte, dass die Nägel noch in den Wunden steckten.

„Rufen wir doch einmal Herrn Gekas", meinte Alex grinsend.

„Wo sind die Nägel?", brüllte Alex, was im Kirchenschiff besonders hallte.

„Welche Nägel?", fragte Gekas ganz erstaunt.

„Die in den Händen und Füßen steckten. Wie bei ihrem Juniorchef! Hätte davon die Presse erfahren, wäre es garantiert die Nr.1-Nachricht und der Bischof vom Stuhl gefallen", schrie Alex weiter.

„Angelos, haben wir Handschellen?"

„Nein, aber Kabelbinder."

„Die tun es auch. Sie sind verhaftet wegen Behinderung der Polizei und Justiz."

„Das werden Sie noch bereuen!", sagte Gekas.

„Uii. Da fürchte ich mich aber, wenn ich dann beim Jüngsten Gericht Ihrem Chef gegenüberstehe", rief Alex hinterher, während Angelos den Herrn zum Auto führte. Da sein Ehemann mitdachte, brachte er die Schutzanzüge, Tütchen und Wattestäbchen mit.

„Dann wollen wir mal"; sagte Alex. Angelos legte ihm den Arm auf die Schulter und flüsterte ihm ins Ohr: „Sollte es doch ein Jüngstes Gericht geben, wirst du aber alt aussehen! Für solche Sprüche wurde man früher gesteinigt!"

„Für das, was wir treiben, auch!"

Und da war er wieder: der Fettnapf.

„Bitte entschuldige. Es kommt daher, weil ich fest daran glaube, dass sich das Problem löst. Und bis dahin tun wir einfach unsere Arbeit.

Könntest du die Fingernägel machen?"

Angelos nickte.

„Zu Befehl, Chef!"

Ein Satz, den sonst Alex immer sagte. Normal gab Angelos den Ton an. Doch der war ganz froh, dass er heute Anweisungen bekam, so ging der Tag schneller rum.

Angenehm roch es nicht in dem Raum, der kein Fenster hatte. Bei Brandopfern verdampfen Kot und Urin gewöhnlich. Da es aber nur ein partieller Körperbrand war, blieb genügend zum Würgen übrig. Und der süßliche Fleischgeruch war auch nicht jedermanns Sache. Der, der damit berufsbedingt keine Probleme hatte, kam gerade zur Tür herein. Dimitriadis.

13

„Grundgütiger. Da muss der Mörder aber lange in den Beichtstuhl", sagte Dimitriadis, der als Chefarzt der Klinik am Kreisverkehr als Quasi-Pathologe fungierte.

„Da bin ich mir nicht sicher, wer der größere Gauner war. Seine Eminenz hatte wohl einige Schatten auf seiner Biografie. Oder welchen Grund könnte es haben, dass ihn jemand so zurichtet?"

„Vor allem ist es ja wohl schön arrangiert!", meinte Dimitriadis, der wie Alex berufs- bedingt zum Makabren neigte.

„Man hat sich offensichtlich sehr auf den Unterleib konzentriert und den gezielt abgefackelt. Sieht man selten, dass bewusst nur bestimmte Teile angezündet werden.

„Der Bürgermeister will ja eine Autopsie in Athen. Als ob die mehr finden würden!", beschwerte er sich.

„Darum geht es nicht. Da der Bischoff seine Hände mit im Spiel hat, will er alles richtig machen", erklärte Alex.

„Dein Mann ist aber heute schweigsam bei der Arbeit", sagte Dimitriadis leise zu Alex.

„Äh ja, es geht ihm heute nicht so gut!"

„Aha. Hat aber nichts damit zu tun, dass du keinen mehr hochkriegst, oder? Natürlich hat mir Christoforou alles erzählt. Offensichtlich hast du das Schlagen von deinem Mann übernommen. Christoforou hatte eine gebrochene Nase. Aufs Maul wäre besser gewesen, dann würde er eine Zeitlang wenigstens nicht alle Befunde ausplaudern!"

Wobei du nicht viel besser bist, dachte Alex.

„Ach ja. Hat das Viagra geholfen?"

„Ganz hervorragend", log Alex.

„Dann ist ja gut. Vielleicht schaut dein Mann dann endlich wieder glücklicher. Aber mit dem Blutdruck aufpassen, bist ja kein Jungspund mehr!"

Ich bin 35, du Arschloch und ich bin es nicht, der Probleme hat, dachte Alex.

Dimitriadis und ein Helfer holten den großen Sack und die Bahre, um die Leiche zum Flughafen zu transportieren.

„Tut mir leid, was du dir alles anhören musst", sagte ein zerknirschter Angelos. Alex nahm ihn von hinten in den Arm.

„Mach dir bitte darüber keine Gedanken. Entschuldige, ich muss jetzt einfach an dir riechen, damit ich diesen Gestank hier loswerde!"

Alex schnüffelte an Angelos Achsel, mit dem fatalen Ergebnis, dass Alex in Lichtge-schwindigkeit eine Erektion bekam, die Angelos natürlich spürte.

„Schön, wenn wenigstens bei einem noch etwas geht", sagte er.

„Das war jetzt gedankenlos von mir. Aber ich kann es nun mal nicht steuern!"

Angelos lächelte gequält.

„Ich leider auch nicht mehr. Aber ich kümmere mich heute Nacht um dich. Schließlich sollst du nicht darunter leiden, dass bei mir nichts mehr geht"!

Alex schüttelte den Kopf.

„Das brauchst du nicht. Ich will Sex mit meinem Mann und zwar zusammen. Solange das Problem besteht, verzichte ich."

„Das sagt sich bei ein paar Tagen leicht. Aber was ..."

Alex wurde zornig.

„Ich liebe meinen Mann, auch wenn er impotent wäre. Und nein, denn das ist ja der nächste Gedanke, ich würde mir keinen Ersatz-Sexpartner holen. Ich kann mit niemandem anders schlafen außer dir. Und will das erst recht nicht! Ob du deinem Manne das glaubst, musst du entscheiden."

„Du wärst wirklich so verrückt, mit einem impotenten Mann zusammenzuleben. Du bist ..."

„... immer noch so verliebt wie am ersten Tag, ja! Und das sollte dir etwas mehr Zuversicht geben", meinte Alex.

„Das tut es. Mehr als du denkst. Habe ich heute schon gesagt, dass ich dich liebe?"

„Nein, ich glaube, das sagst du nur einmal pro Monat."

„Dann muss ich das ändern. Entschuldige!"

14

Pavlos saß in einer Bar in der Nähe des Syntagma-Platzes in Athen. Und er war stolz auf sich. Er hatte dem Drang widerstanden. Ein Sieg über seine Dämonen. Ein Sieg über seine Vergangenheit.

Schon gestern verspürte er die quälende Unruhe, die immer das erste Anzeichen war. Und heute Mittag war es wieder soweit. Der Zwang war da.

Vor Jahren hatte er versucht, mit einer Psychologin zu sprechen. Es war ein Desaster. Zunächst glaubte sie ihm seine Erlebnisse aus der Kindheit nicht. Als er dann über seine Zwänge sprach empfahl sie ihm einen Aufenthalt in der Psychiatrie. Natürlich wusste Pavlos, dass er diese niemals würde je verlassen dürfen, sollten die Ärzte auch nur ahnen, wohin seine Zwänge ihn führen.

Nach Mittag machte er sich auf. Er durchstreifte die Straßen und suchte dann die Spielplätze der griechischen Hauptstadt auf. Erstaunlicherweise sind viele Eltern vollkommen sorglos. Sie lassen ihre Kinder entweder ohne Aufsicht oder in Begleitung eines Kindermädchens, das mehr mit seinem Smartphone beschäftigt ist, denn mit dem Beobachten der Kleinen.

Ein Paradies für Päderasten.

Aber als einen solchen empfand er sich nicht.

Er, Pavlos, war ein Opfer. Dessen Leiden ihn in diese Richtung getrieben hat.

Er verspürte diesen Zwang nur bei Jungen und er hatte bisher auch nur kleine Buben missbraucht. Weil sie ihm glichen.

Nur einmal hatte er einen Mann vergewaltigt, aber das geschah mit der Hilfe zweier Bekannter und hatte längst nicht die Befriedigung gebracht, die er brauchte, um den Zwang die nächsten Wochen im Zaun halten zu können.

Aber heute hatte er gewonnen. Er hatte es nicht getan.

Warum nur?

Vielleicht, weil er es demjenigen heimgezahlt hatte, der ihn zu einem vergewaltigenden Monster gemacht hatte.

Pater Nikos.

Freude. Es war die pure Freude, die ihn erfasste, als das Schwein brannte. Er wollte, dass er möglichst lange litt, deswegen verwendete er nur eine kleine Menge Brenn-flüssigkeit. „Der kleine Pavlos" hatte Nikos ihn genannt. Nun, er hatte sich getäuscht.

Aber sein Werk war noch nicht beendet.

Eine Rechnung hatte er noch offen. Diesmal würde er anders vorgehen. Durch seine Verkleidung beim ersten Mal, konnte er nun sein richtiges Gesicht zeigen, das niemand kannte. Und er müsste die Insel nicht sofort verlassen, wie beim letzten Mal.

Pavlos würde sich bei seinem zweiten „Einsatz" vor Ort aufhalten, um die Aufre-gung persönlich mitzuerleben.

Das geheuchelte Entsetzen.

Und dann wäre er mit sich im Reinen und seine Dämonen würden vielleicht verschwinden.

Er hätte dann eine Chance auf ein normales Leben.

15

„Was meinst du?"

„Ich meine, dass ich mich vor morgen fürchte", sagte Angelos.

„Du könntest dich auch auf morgen freuen, wenn es eine harmlose Erklärung gibt. Aber ich dachte eigentlich mehr an den Toten."

Angelos holte tief Luft.

„Es sieht nach einem Ritualmord aus und genau deswegen ist es keiner. Es ist alles zu dick aufgetragen. Wäre es einfach, hätte der Täter ihn noch ans Kreuz genagelt,"

„Also ein normaler Psychopath, sagst du!"

„Die Frage ist nur, ob er erst zum Psychopathen wurde. Zum Beispiel durch die Begegnung mit Pater Nikos. Dass es etwas Persönliches ist, dürfte keine Frage sein."

Alex nickte.

„Also müssen wir in der Vergangenheit wühlen, wem der Pater auf den Schlips getreten ist. Die Frage ist: hier oder auf Rhodos?"

„Garantiert hier. Rhodos ist mir einfach zeitlich zu weit weg", sagte Angelos.

„Also müssen wir mit Bruder Michael und seinen ‚Brüdern' sprechen", erwiderte Alex.

Angelos nickte.

„Viel wichtiger ist, dass wir mit den Kindern des Waisenhauses sprechen und mit ehemaligen Heimkindern."

„Du meinst, der Pater hat sich an den Kindern vergangen?", fragte Alex.

„Na ja. Denk an die Wunden. Verbrannt wurden das Gesicht und die Geschlechtsteile.

Die Teile, die Böses getan haben. Gelogen und vergewaltigt. Das Problem wird sein, die Genehmigung für ein Gespräch mit den Kindern zu bekommen. Da war Gekas´ Verhaftung nicht hilfreich. Außerdem bräuchten wir eine Kinderpsychologin. Du wärst imstande und frägst die Kinder, ob sie schon einmal ‚Pipi in Popo' gemacht haben!", sagte Angelos lachend.

Zartfühlender Umgang war Alex´ Sache nicht. Außer mit Angelos.

„Aber mehr verspreche ich mir davon, mit ehemaligen Heimkindern zu sprechen. Da muss uns der Richter ein paar Namen geben, er kennt doch bestimmt einige."

„Muss aber alles bis übermorgen warten", sagte Alex.

„Hoffentlich stehen nicht noch mehr auf der To-Do-Liste des Mörders", meinte Angelos.

„Ich habe kein gutes Gefühl."

„Das liegt bestimmt an morgen!", meinte Alex.

Vielleicht sollten wir noch heute mit dem Richter sprechen?"

„Du meinst, weil die mich morgen in der Klinik dabehalten und das leblose Ding absäbeln?", fragte Angelos.

„Himmel. Nein. Dann haben wir es hinter uns und haben mehr Zeit, wenn alles wieder so arbeitet, wie es soll! Angelos, du hast keinen tödlichen Krebs! Das andere kriegen wir schon hin!"

16

„Alex, der Schlag soll dich treffen, dass du mir diesen Fritzen vom Bischof aufgehalst hast. Ich hatte schon drei Anrufe aus Athen!", sagte Richter Mantzaris.

„Und denen hast du das hohe Lied der richterlichen Unabhängigkeit gesungen, hoffe ich zumindest", sagte Alex lachend.

„Aber ganz bestimmt. Die halten sich wirklich für etwas Besseres. Als würden Gesetze nicht für sie gelten. Dir ist dennoch schon klar, dass ich ihn morgen wieder freilassen muss!"

Alex überlegte kurz.

„Vielleicht lässt du ihn heute frei und die Anzeige fallen, wenn wir uns das Waisenhaus anschauen und die Kinder befragen dürfen. Natürlich in seinem Beisein!"

Angelos lachte laut.

„Das wäre wieder eine typische Mykonos-Lösung, ich glaube es nicht!"

„Ob Gekas da mitspielt?"

„Glaub mir. Spätestens, wenn er Hunger und Durst kriegt, willigt er ein", meinte Alex.

„Aber dass eines klar ist: die Befragung macht Angelos. Der ist feinfühliger als du Rüpel!"

„So schlimm bin ich nun wirklich nicht. Eine Kinderpsychologin wäre sicher von nützen, aber das würde doch reichen, wenn wir die bei einem Verdacht hinzuziehen, oder?", fragte Alex.

„Du glaubst allen Ernstes, dass der Pater ermordet wurde, weil er sich an einem Kind vergangen hat? Sicher, er war kein Unschuldslamm, aber ..."

„Ich war selber Opfer einer Vergewaltigung und das erste, was du dir danach wünschst, ist, dem Kerl die Weichteile abzuschneiden." Wie immer herrschte betretene Stille, wenn Angelos von seiner Vergewaltigung sprach, was einmal im Jahr vorkam.

„Und der Täter hat ihm die Genitalien verbrannt. Warum wohl?"

„Wenn du recht hast, dann ist der Mörder ein ehemaliges Heimkind. Dann bringt die Befragung der Kinder nichts", sagte Mantzaris.

„Dabei geht es mir hauptsächlich darum, ob es jetzt noch irgendeinen Missbrauch im Heim gibt und die Kinder davor zu schützen. Aber der Täter war sicher ein ehemaliges Waisenkind", sagte Angelos.

„Vergiss das mit dem Waisenhaus. Dort haben auch manche Familien ihre Kinder hineingesteckt, wenn sie unerwünscht oder renitent waren", erklärte der Richter.

„Du kennst doch bestimmt ehemalige Insassen, die jetzt noch auf der Insel leben", fragte Alex.

Mantzaris saß in seinem Sessel und runzelte die Stirn.

„Der Einzige, der mir auf Anhieb einfällt, wäre der Sohn vom Leonidas in Ornos. Ihr wisst schon, das Restaurant hinten links am Strand.

Alex schoss das Blut in den Kopf.

„Die Rotznase???"

„Wieso Rotznase?", fragte Mantzaris.

„Weil der Kleine in mich verknallt ist und Alex einen Eifersuchtsanfall hatte. Du erinnerst dich doch. Das war der Abend, an dem ich bei dir war. Und das war das einzige Mal, dass ich Alex wirklich eine Ohrfeige verpasst habe", sagte Angelos.

„Die ich auch verdient hatte", gab Alex zerknirscht zu.

„Fällt dir nicht noch jemand anders ein?", hoffte Alex.

„Warum denn? Wenn der Kleine, der wohl schon volljährig ist, auf Angelos steht, wie man heute sagt, rückt er vielleicht eher mit der Geschichte raus. Lass deinen Charme spielen, Angelos", sagte Mantzaris offensichtlich belustigt.

„Na bravo. Dann macht sich die Rotznase wieder Hoffnungen und ich raste wieder aus", meinte Alex.

„Alexandros, wie wäre es, wenn du deinem Mann etwas mehr vertraust?"

„Ich vertraue ihm doch. Ich mag es nur nicht, wenn Angelos angebaggert wird und noch dazu von der Rotznase", sagte Alex resignierend.

„Oh Alex, ich befrage ihn in einem Kriminalfall. Ich habe kein Date mit ihm. Und selbst wenn, würde ich ihn garantiert nicht anfassen. Also!", knurrte Angelos sichtlich angefressen. „Und es muss fast noch heute sein, weil wir morgen in Athen sind!"

„Stimmt ja. Alex´ kleinen Mann aufrichten", sagte Mantzaris.

„Vielen Dank für dein Mitgefühl, euer Ehren!"

17

„Jetzt bin ich aber doch überrascht", sagte die Rotznase, die korrekt Dimitrios hieß, als sie sich zu Angelos setzte, der das „Burro´s" als Treffpunkt gewählt hatte. Es war eine neutrale Bar in der Oberstadt, die überwiegend von Griechen besucht wurde.

„Warum denn?", fragte Angelos etwas scheinheilig.

„Weil du nach meiner Liebeserklärung doch ziemlich schroff warst", mimte Dimitri ein wenig den Beleidigten.

„Das heißt aber doch nicht, dass man sich nicht mehr miteinander unterhalten kann", erwiderte Angelos.

„Und so ganz kalt hat es mich dann doch nicht gelassen!"

Was eine glatte Lüge war.

„Ich wusste doch, dass dir der Sinn nach etwas Jüngerem steht", sagte Dimitri.

Du kleiner Scheißkerl, dacht Angelos. Na warte.

„Außerdem habe ich ein paar dienstliche Fragen an dich!"

„Ich hoffe nicht, dass das der Grund für unser Date ist", meinte Dimitri.

„Nein. Sonst säße Alex hier", antwortete Angelos und legte seine Hand auf Dimitris Schenkel.

„Ach herrje, jetzt werde ich aber nervös. Ich hoffe, du spielst nicht mit mir. Nach meinem Geständnis weißt du ja, dass ich auf dich stehe", stammelte Dimitri nervös.

„Dass du mich liebst, hieß es vor zwei Monaten noch. Zwischenzeitlich anderweitig vergeben?", fragte Angelos.

„Nein. Ich könnte nicht. An deiner Abfuhr knabbere ich noch immer!"

Angelos Hand rutschte noch etwas höher. Es war alles andere als fair und entsprach auch nicht seinem Charakter. Aber es war gerechtfertigt. Er musste wissen, was in dem Waisenhaus tatsächlich vonstattenging.

„Weiß dein Mann, was du da tust?"

Dimitri rutschte unruhig hin und her.

„Ach, dass man sich in der Ehe alles erzählt, glaubt eh´ keiner", lautete Angelos Antwort.

Jetzt traute sich auch Dimitri vorsichtig, seine Hand auf Angelos Bein zu legen.

Läuft ja ganz gut, dachte sich Angelos.

„Erzähl doch mal ein bisschen über dich", tastete sich Angelos vor.

„Stimmt es, dass du in dem Waisenhaus warst, obwohl du gar keine Waise bist?

Dimitris Miene wurde finster.

„Woher weißt du das?"

„Es ist eine kleine Insel", sagte Angelos lachend.

„Grundgütiger, weißt du, was du da tust?", fragte Dimitri, der im Gesicht immer röter wurde.

„Ja, Herrgott, ich war in dem dämlichen Waisenhaus. Meine Eltern mussten vor zwölf Jahren ihr Restaurant aufgeben und gingen nach Athen zum Arbeiten. Mich wollten sie hierlassen, weil sie wussten, sie kämen zurück. Und das taten sie auch. Sie pachteten das Restaurant in Ornos, das sie heute noch betreiben. Und holten mich aus dem Waisenhaus zurück."

„Dann hast du deine ersten schwulen Erfahrungen in dem Waisenhaus gemacht?", fragte Angelos.

„Darüber möchte ich nicht sprechen. Es war keine schöne Zeit. Lass uns lieber über das Jetzt sprechen."

Das aber wollte Angelos nicht.

„Komm, lass uns ins ‚Queens' gehen", schlug er vor.

Die Atmosphäre dort war etwas intimer. Vielleicht würde Dimitri dort gesprächiger. Und tatsächlich. Schummriges Licht, mehr Alkohol und ein schwer verliebter Dimitri wurde langsam weich. Unter kräftigem Zutun Angelos´, der nun begann Dimitri am Hinterkopf zu kraulen und seinen Arm um ihn legte.

„Es war nicht leicht. Die großen Kinder vergehen sich an den Kleineren. So ist es doch in allen Heimen", sagte Dimitri.

„Und die Priester, Betreuer – was war mit denen?", hakte Angelos nach.

„Darüber sag ich nichts. Nicht einmal dir. Sonst krieg ich richtig Ärger. Obwohl ..."

„... das eine Schwein ist schon tot, wolltest du sagen", ergänzte Angelos.

„Kein Kommentar!", sagte Dimitri.

„Wieso fragst du mich das alles? Ich weiß doch von dir auch fast nichts!"

„Weil wir uns noch nicht gut kennen. Sonst hätte ich dir schon erzählt, dass auch ich vergewaltigt wurde", sagte Angelos.

Dimitri bekam große Augen, auch angesichts des offenen Bekenntnisses.

Dann muss er für mich etwas empfinden, wenn er mir so etwas anvertraut, dachte er.

„Warst du auch im Heim?"

„Nein, ich war 25, als es mir passierte", sagte Angelos.

„Das begreife ich nicht. Du bist gut gebaut. Du kannst dich doch wehren!"

„Glaub mir, gegen drei hast du keine Chance. Und die hatte ich auch nicht", meinte Angelos.

„Oh Gott. Gleich drei. Wie kommt man da drüber hinweg?", fragte Dimitri.

„Indem man einen Mann trifft, der einen aufrichtig liebt, oder sogar anhimmelt – und den habe ich in Alex gefunden!"

Dimitri verzog das Gesicht.

„So. Jetzt war ich so offen, wie man nur sein kann. Du bist dran mit Antworten. Was war im Heim mit den Betreuern und Popen?"

„Pater Nikos war der Schlimmste. Was er gemacht hat, will ich nie erzählen müssen!"

„Dimitri, das ist kein polizeiliches Verhör und du musst nie irgendwo aussagen. Der Mann ist tot. Geschichte. Und vielleicht hat er das, was ihm passiert ist, sogar verdient", sagte Angelos.

„Er hat es ganz bestimmt verdient. Ich war ja nicht der Einzige. Alle drei Monate hatte er einen neuen Liebling. Sobald die Älteren begriffen, dass das nicht von Gott gewollt sein kann, kam der nächste 5- oder 6-jährige dran. Ich war froh, als er endlich einen neuen Favoriten hatte und mich in Ruhe ließ."

„Hast du jemals mit irgendjemand gesprochen darüber?"

„Bist du verrückt? Wer glaubt denn schon einem Kind. Und selbst wenn: einem Popen geht es nie an den Kragen. Kennst du welche, die verurteilt wurden?"

Angelos schüttelte den Kopf.

„Maximal wurden oder werden sie versetzt. Ein Witz angesichts dessen, was sie den Kindern antun."

Dimitri druckste ein wenig herum.

„Da ist aber noch etwas!"

„Lass mich raten. Bruder Michael war auch dabei. Was heißt, die ganze Praxis geht immer weiter", sagte Angelos.

„Woher..."

„Ich bin Bulle gewesen, vergiss das nicht!" Angelos lächelte.

„Heißt, wir müssen in dem Heim aufräumen. Natürlich ohne dich zu erwähnen. Das versprech ich dir!"

„Ja, oder der Mörder kommt noch einmal. Meinen Segen hätte er", knurrte Dimitri.

Angelos lachte.

„Was wird jetzt aus uns zwei?", fragte Dimitri.

„Du hast mir sehr geholfen. Aber ich bin mit Alex verheiratet. Dennoch: gute Freunde können wir doch sein. Schließlich haben wir uns unsere Geheimnisse erzählt!"

So ganz war das nicht, was Dimitri erwartet hatte.

„Ich finde, ich habe bei dir etwas gut!" Angelos lachte.

„Und was hast du dir vorgestellt? Aber übertreib´ es nicht!"

Dimitri flüsterte Angelos etwas ins Ohr. Der zögerte.

„Also gut. Aber im Park, wo es niemand sieht!"
Und so bekam die Rotznase den gewünschten Zungenkuss von Angelos Nikakis, seinem Traummann.

18

Währenddessen saß Alex zuhause auf Kohlen. Auch wenn er Angelos vertraute, wohl war ihm bei dem Date nicht. Obwohl es eher eine Befragung war.
Aber drei Stunden?
Spinn´ nicht rum, das war schon das letzte Mal verkehrt.
Da hörte er, wie die Tür aufging und Angelos zur Tür hereinkam.
Er kam zu Alex in die Küche.
„Und?"
„Ich fühle mich wie ein Schwein. Ich habe den Jungen heißgemacht, nur um an Informationen zu kommen. Das mache ich garantiert nicht mehr. Als Ermittlungsmethode fällt das in Zukunft aus. Das sage ich dir."
„Der Vorschlag war ja nicht von mir. Ich war strikt dagegen – wenn auch aus anderen Gründen. Aber was hat er denn nun ausgeplaudert?"
„Alles, was wir wissen wollten. Pater Nikos war ein Kinderschänder, aber das Schlimmste ist: Bruder Michael ist es auch. Was bedeutet, wir müssen ihn dort rauskriegen, um die Kinder zu schützen. Oder der Mörder kommt ein zweites Mal, was ich für sehr wahrscheinlich halte. Denn Nikos und Michael haben

sich bei den Opfern die Klinke in die Hand gegeben", erklärte Angelos.

„Und die Rotznase hat es selber erwischt?"

„Ja. Beide. Und er heißt Dimitri und für das, was er durchgemacht hat, ist er ein ganz passabler Kerl geworden. Und fang jetzt bitte nicht das Spinnen an!"

„Die Frage, was er als Belohnung bekommen hat, soll ich mir also ersparen!"

„Ich bitte darum."

Und Angelos fühlte sich alles andere als wohl. Er hatte heute zwei Menschen hinters Licht geführt.

Hoffentlich hatte ihn bei dem Zungenkuss niemand gesehen.

Hier täuschte er sich hinsichtlich der Neugier der Insulaner gewaltig. Angelos ohne Alex? Das war sofort verdächtig. Und so lief einer der Kellner den beiden nach und sah ihnen beim Knutschen zu.

Und machte ein Foto.

19

Am nächsten Morgen war es soweit. Der Arzttermin in Athen stand an. Alex und Angelos mussten die erste Maschine um 6,55 Uhr nehmen, um rechtzeitig im Universitätsklinikum zu sein.

Die Maschine kam um 7.26 Uhr am Gate 12 an. Hätten die beiden einen Blick nach links geworfen, so hätten sie die Fluggäste gesehen, die auf das Boarding für den Rückflug warteten.

Auf einem der Bänke saß Pavlos.

Auf dem Weg zur Rache Teil 2.

Mit jedem Kilometer, mit dem sich das Taxi dem Klinikum näherte, wurde Angelos unruhiger und ängstlicher.

„Es kommt jetzt kein Allgemeinplatz von mir. Aber hab doch ein bisschen Vertrauen. Es gibt keinen besseren Arzt auf diesem Gebiet", sagte Alex.

„Ich habe Angst vor schlechten Nachrichten", flüsterte Angelos.

„Und auch die würden wir zusammen durchstehen. Alleine bist du jedenfalls nicht!", antwortete Alex.

Sie betraten die Klinik und fuhren hoch in die Urologie,

Aris erwartete sie bereits.

„Sie sind also der Märchenprinz!", sagte Aris zu Angelos.

„Sag es nicht zu laut, er wächst jedes Mal ein Stück", meinte Alex.

Alex umarmte Aris.

„Ich danke dir, dass du dir die Zeit nimmst. Das erspart uns viel Gerenne. Und vielleicht sind wir heute Abend schon schlauer!"

„Du meinst, du erwartest, dass heute Abend wieder alles funktioniert!" Aris lachte.

„Ich tue mein Möglichstes. Also keine Zeit verlieren. Ins Behandlungszimmer. Hose runter!"

„Ich duze jetzt einfach, da ihr den gleichen Namen habt. Also, Angelos, als erstes nehmen wir Blut." Nach fünf Ampullen bat der Arzt zum Gespräch.

„Nun, Angelos, ich habe mich vorher mit deinem Mann unterhalten. Und bitte sei nicht sauer auf ihn. Er hat mir von deiner Verge-waltigung erzählt. Es ist nämlich wichtig. Manchmal kommen Traumata urplötzlich, nach Jahren. Und ich habe nicht die Zeit, solche Erlebnisse dem Patienten aus der Nase zu ziehen. Die Zeit brauche ich für die Untersuchungen. Hattest du hinterher Probleme mit Sex?"

„Nein. Ich hatte einfach keinen mehr", sagte Angelos.

„Wie lange?", fragte Aris.

„Bis ich Alex kennenlernte", antwortete Angelos.

Und Alex traf fast der Schlag. Drei Jahre. Und er, Alex, war Angelos´ erster Mann nach der Vergewaltigung. Er hatte nichts gemerkt, aber er war schon vor dem ersten Mal so verliebt, dass er alles versuchte, um es Angelos recht zu machen.

„Und ab da ging es wieder ganz normal?"

„Ja. Dank ihm. Obwohl er ein Sexmonster ist. Vielleicht sollten wir hinterher ihn unter-suchen", fügte Angelos an.

„Das ist doch gar nicht wahr. Und bei mir passt alles. Da braucht nichts untersucht zu werden", protestierte Alex lächelnd.

„Die Untersuchung der Prostata dürfte Schwulen ja nichts ausmachen", sagte Aris.

„Wenn ihr wüsstet, wie sich der Rest hier ziert oder sogar gewalttätig wird! Gut. Hier scheint alles in Ordnung. Keine äußerlichen Verletzungen am Glied. Keine sonstigen Zwischenfälle? Ein Penisbruch?"

„Nein. Nichts", antwortete Angelos.

„Gut. Dann warten wir jetzt mal auf das Labor", sagte Aris.

„Aber jetzt sag mal, wieso die plötzliche Heirat. Ihr kanntet euch doch erst ein paar Wochen!"

„Schau ihn dir doch an. Eine solche Schönheit kann man doch nicht gehen lassen", sagte Alex lachend.

„Alex. Hör auf. Das ist mir peinlich", ging Angelos dazwischen.

Aris lachte.

„Na, Hauptsache, ihr seid glücklich. So, Alex, jetzt schauen wir mal bei dir nach!"

„Was? Bist du verrückt?"

„Hinstellen und Hosen runter, Alex! Dein Mann liegt ja auch unten nackt herum!"

„Aber bei mir ist doch alles in Ordnung!"

„Und damit es so bleibt: Hosen runter und dann hinlegen. Auf die Seite!"

Alex folgte den Kommandos widerwillig.

„Sag mal, Angelos. Ist dir an Alex´ Spermafluss etwas aufgefallen?"

Angelos lachte lauthals.

„Das ist kein Fluss mehr, sondern eher eine Explosion", meinte er.

„Dachte ich mir. Extrem große Hoden und Samenleiter. Dein Mann ist nicht zu beneiden, wenn er, also … muss …", stammelte der Arzt.

„Der Ehemann muss", stellte Angelos klar.

„Und erstickt fast dabei!" Er lachte.

„Aber niemand zwingt dich. Ich habe nie …", protestierte Alex.

„Das war ein Scherz. Ich tue es, weil ich es mag", stellte Angelos klar.

Aris ging wieder zu seinem Schreibtisch.

„Ah, das Labor!" Und schaute ernst.

„Was ist mit deinen Eltern, Angelos?"

„Beide früh gestorben. Die Mutter mit 55, der Vater mit 62. Droht mir das auch?"

Angelos wurde ganz unruhig.

„Lass mich raten. Herzinfarkt oder Schlaganfall?"

„Beide Schlaganfall. Meine Mutter lebte noch sechs Monate als Wrack weiter. Aber was hat das nun mit mir zu tun?"

„Angelos, du hast einen INR von 0,7. Das heißt vereinfacht: dein Blut klumpt. Ist dir noch nie aufgefallen, dass du bei Verletzungen kaum blutest?"

„Doch schon. Aber darüber freut man sich doch eher."

„Es ist aber gefährlich. Gefäße können verstopfen und zum Beispiel einen Schlaganfall auslösen. Oder auch das Geschlechtsteil lahmlegen. Dann ist aber schon Alarmstufe rot."

„Ich bin 29, Aris. Ich habe mein Leben lang Sport getrieben, nie geraucht!"

„Wahrscheinlich ist es erblich bedingt, wenn ich an deine Eltern denke. Auf alle Fälle benötigst du blutverdünnende Medikamente und die würde ich an deiner Stelle den Rest deines Lebens nehmen. Sie sind gut verträglich und verhindern das zu schnelle

Gerinnen oder Klumpen von Blut", erklärte Aris.

„Aber ob das die Ursache für die Dysfunktion ist, müssen wir erst herausfinden!"

„Und wie?", fragte Angelos. Aris lächelte.

„Indem wir in deinen Penis hineinschauen, durch ein kleines Loch!"

„Ein Loch in meinem Penis?" Angelos wurde bleich.

„Eine endoskopische Untersuchung, um zu sehen, ob die Blutgefäße betroffen sind. Eventuell kann man die Blockade lösen – wenn es die Ursache ist."

Angelos schaute noch immer entgeistert.

„Aber unter Vollnarkose, oder?"

Aris lachte.

„Ach Quatsch. Da ist die Narkose gefährlicher als der Eingriff."

Er ging zum Telefon.

„Maria? Lass mir OP 3 herrichten. Und ich brauche eine Assistentin!"

Aris wandte sich an Angelos und sagte.

„Bleib einfach liegen, gleich geht es los! Je weniger du darüber nachdenkst, desto besser!"

„Und es ist wirklich ungefährlich?", fragte Alex.

„Du hast Sorge um das beste Stück deines Ehemannes?"

„Um ihn. Und sein bestes Stück!"

„Entspannt euch. Ich habe das schon Dutzende von Male gemacht. Es ist ein kleiner Stich, sonst nichts."

„Hoffentlich ist es nicht mein letzter Stich!", sagte Angelos, dem alles andere als wohl war.

Aber schon wurde er aus dem Zimmer geschoben.

Ein bisschen benebelt war Angelos trotzdem, nachdem er zurück ins Behandlungszimmer geschoben wurde, in dem Alex gewartet hatte. Unter Qualen.

Aris kam gleich hinterher.

„In zwei von vier Schwellkörpern war ein Blutgerinnsel. Ich konnte beide lösen. Theoretisch müsste jetzt wieder alles funktionieren."

„Was heißt theoretisch?", fragte Alex.

„Ja also ich probiere es nicht aus, wenn du das meinst!", sagte Aris lachend.

„Wir könnten es jetzt gleich testen?", fragte Angelos.

„Wenn ich rausgegangen bin und die Türe zugesperrt habe, ja. Ich komme in 30 Minuten wieder und sperre auf. Dass ihr dann bitte fertig seid. Und: junger Mann. Denk an deine Medikamente. Es geht nicht nur um den Penis, sondern auch um Herz und Gehirn. Sonst erleidest du dasselbe Schicksal wie deine Eltern", ermahnte ihn Aris. „Das Rezept liegt auf dem Tisch. Na dann: gutes Gelingen!"

Alex strahlte über das ganze Gesicht.

„Darf ich, mein kleiner Pfirsich?"

„Dürfen? Du sollst, du Spermawunder!"

Es funktionierte alles wieder, wie es soll.
Am Glücklichsten war Angelos, der aber gar
nicht zu bremsen war. Nur mit Mühe hielt Alex
durch.

Als Aris nach 30 Minuten wiederkam, sah er
einen strahlenden Angelos, neben dem eine
Leiche zu liegen schien.
„Was hat er denn, unser Alex?"
„Keine Ahnung. Irgendwie fühlt sich alles
härter an", sagte Angelos.
„Das sollte es auch sein, oder nicht?",
antwortete Aris.
„Na, Prost Mahlzeit", knurrte Alex.

Im Landeanflug auf Mykonos konnte Pavlos Ano Mera und das Waisenhaus erkennen. Den Ort des Martyriums.

Viele Opfer meiden den Ort, an dem an ihnen ein Verbrechen verübt wurde, wie die Pest. Bei Verkehrsunfällen nehmen viele große Umwege auf sich, um nicht die Stelle des Unglücks passieren zu müssen. Verdrängen.

Aber verdrängen macht krank. Er musste es am eigenen Leib verspüren. Sein Leben war in seiner Perversität vorbestimmt. Durch seine Kindheit und die Erlebnisse im Waisenhaus war sein Schicksal besiegelt. Andere Opfer mögen die Kurve gekriegt haben und konnten sich befreien von den Dämonen. Ein normales Leben führen.

Mit Familie. Und Kindern. Ihm blieb dies versagt.

Offenbaren gegenüber einem Dritten? Dafür war es längst zu spät. Und es hätte ihm ohnehin niemand geglaubt.

Da er jeden Glauben an Gott verloren hatte, war ihm klar, dass es keine Bestrafung der Täter geben würde, geschweige denn vor einem „Jüngsten Gericht".

In den Fällen von Kindesmissbrauch sollte es eher ein „Gericht der Jüngsten" geben.

Er lächelte ob des gelungenen Wortspiels, als die Maschine aufsetzte und sehr hart bremste – die Landebahn auf Mykonos war extrem kurz.

Er hatte dieses Mal keine Verkleidung vorgesehen. Das ist der Vorteil, wenn man sich beim ersten Verbrechen „kostümiert".

Bei Nummer zwei kann man sich folglich unbeschwert bewegen.

Und wichtig war Pavlos´ Meinung nach, dass man kein Schema erkennen ließ.

Er würde nach der Tat nicht fliehen, sondern vor Ort bleiben. Als gewöhnlicher Tourist hatte er ein Hotel gebucht und er würde sich wie ein normaler Gast verhalten.

Ausgenommen natürlich der Mord.

Als Fahrzeug wählte er ein Quad, da dies das gängige Fortbewegungsmittel auf der Insel war. Und sollte er den Tatort schnell verlassen müssen, wäre eine Querfeldeinfahrt mit einem Quad überhaupt kein Problem.

Um den Anschein eines gewöhnlichen Touristen zu erwecken, sollte sein Plan unter keinen Umständen sofort ausgeführt werden. Erst würde er das übliche Gästeprogramm abarbeiten. Strand. Schläfchen. Abends in die Stadt.

Die Waffe würde er bei günstiger Gelegenheit ausgraben. Er hatte sie bei seinem ersten Coup vergraben. Er wusste, dass es nicht bei diesem einen Mal bleiben würde. Den Plan für eine zweite Tat hatte er damals zunächst nicht gefasst. Aber der Anblick des toten Priesters und Vergewaltigers, hatte ihm eine Befriedigung verschafft, die ihm unbekannt war.

Vielleicht würde auch die Vollstreckung seines nächsten Urteils ihm einen positiven Schub geben.

Kurzzeitig.

Denn er wusste: er war verloren. Aber dies hat einen unbezahlbaren Vorteil: man hat keine Angst mehr.

22

Es war ein glücklicher Angelos, der zuhause in Ornos eintraf. Und war Angelos glücklich, so war es Alex auch.

„Siehst du, am Ende dieses Tages ist das Problem gelöst. Noch dazu etwas entdeckt, was dir hätte gefährlich werden können. Und wehe, du nimmst die Tabletten nicht!", sagte Alex.

„Glaubst du, ich bin verrückt? Und außerdem möchte ich nie mehr eine solche Ebbe in der Hose haben", erwiderte Angelos.

„Ich bin dir wirklich dankbar. Nirgendwo hätte ein Arzt alles auf einmal gemacht. Es hätte Wochen gedauert, bis ich einen Termin bekommen hätte. Durch deinen Kontakt verlief wirklich alles so, wie du gesagt hattest. Wenn du nicht schon so viele Pluspunkte hättest, kämen jetzt noch einige dazu!"

Angelos küsste Alex ausgiebig. Der wiederum war erleichtert, dass Aris das Problem so schnell beseitigen konnte. Nicht wegen des Sex´. Sondern, weil sein Mann unglaublich gelitten hatte. Es war also keine Folge der Vergewaltigung, was im Bereich des Mög-lichen gelegen war. Dann wäre die Behandlung langwierig und unangenehm gewesen. Alles passé.

Der Testsex war gerade drei Stunden her, doch Kommissar a.D. Nikakis junior hatte einiges nachzuholen und Alex konnte sich dem Wunsch nicht verweigern.
„Aber bitte etwas weniger heftig!"
„Entschuldige, das vorhin war wie eine Befreiung. Ich wollte dir nicht …"
„Entspann´ dich, Angelos. Heute ist ein Glückstag, alles ok. Mach was du willst!"

Der Glückstag sollte in einer Stunde zu einem der schwärzesten im Leben von Alexandros Nikakis werden.

23

Sie saßen nach dem Abendessen in der Küche und tranken einen Espresso, als Alex´ Handy brummte.

Er hätte es nicht anfassen sollen.

Aber er tat es.

„Wer zum Teufel …!"

Es war eine MMS.

Und er öffnete das Bild.

Es zeigte Angelos und Dimitri beim Zungenkuss.

Alex glaubte, eine Mischung aus Herzanfall und Hirnschlag zu erleiden.

„Was ist denn, Alex?"

Der ließ das Handy auf den Tisch fallen, stand wortlos auf und ging zur Türe hinaus.

Angelos griff sich das Handy.

„Oh Gott!"

Er begriff sofort, was dieses Bild für einen Eindruck bei Alex erwecken würde. Aber welches Schwein hatte das Bild gemacht und Alex geschickt?

Und wo zum Teufel ist er hin?

Angelos rannte hinaus, aber von Alex war nichts zu sehen. Das Auto stand noch da.

Dimitri. Er würde zu Dimitris Haus laufen, das ebenfalls in Ornos lag, direkt am Strand.

Hoffentlich würde Alex Dimitri nichts antun, denn der konnte nun wirklich nichts dafür.

Angelos rannte die Straße zum Strand entlang und über den Uferweg zum Restaurant von Dimitris Vater. Aber Dimitris Wagen war nicht da.

Angelos drehte sich um – und da stand Alex vor ihm. Mit versteinertem Gesicht.

„Hätte ich noch Zweifel gehabt, jetzt habe ich keine mehr", sagte er.

„Du hattest Angst, ich würde deinem neuen Freund etwas antun. Ich kann dich beruhigen. Ich weiß, wann ich verloren habe."

Alex drehte sich um und ging.

Angelos stand wie versteinert da.

Wie sollte er Alex das Bild erklären?

Würde er verstehen, dass all das aus einem Schuldgefühl entstanden war? Dass er, Angelos, Dimitri genauso belogen und missbraucht hatte, wie die anderen Menschen in seinem Leben zuvor – wenn auch nicht körperlich. Angelos wollte dem Jungen irgendetwas geben, um die Schuld auszugleichen.

Es war natürlich die falsche Wahl.

Als Angelos das Haus betrat, herrschte Stille. Die Türe des Schlafzimmers stand offen, die des Gästezimmers geschlossen.

Sollte er klopfen und versuchen, es zu erklären? Er kannte Alex gut genug, um zu ahnen, was in dessen Gehirn sich jetzt abspielte. Ausgerechnet Dimitri, nach der Vorgeschichte. Warum musste auch unbedingt ich dieses Gespräch führen? Natürlich kannte Angelos die Antwort ganz genau. Zu Alex hätte Dimitri kein Wort gesagt. Zu jemandem, den man liebt, ist man immer offener. Und Angelos hatte es ausgenutzt und befeuert, um zu einem Ergebnis zu gelangen, das ihn nun seine Ehe kosten konnte.

24

„Oh herrje, Angelos, wie siehst du denn aus?", fragte Richter Mantzaris.

„Ich dachte mir schon, dass du kommst!"

„War Alex schon hier?"

„Nein. Aber auch ich habe das Foto gestern Abend bekommen", sagte Mantzaris.

„Wer tut so etwas?", fragte Angelos.

„Irgendein Neider, wer sonst? Aber wichtiger ist doch, wie Alex reagiert hat. Nicht gut, wenn ich dich so ansehe."

Angelos saß da mit verheultem Gesicht. Mantzaris druckste etwas herum.

„Im Grunde ist es meine Schuld. Ich habe den Vorschlag gemacht und dich ermuntert, deinen Vorteil bei Dimitri zu nutzen. Allerdings habe ich nicht gesagt, du sollst dem Kleinen einen Zungenkuss verpassen. Geschweige denn, sich dabei fotografieren zu lassen. Was hast du dir denn dabei gedacht?"

„Das kann ich dir sagen. Ich habe Dimitri an dem Abend genauso hintergangen wie alle anderen Menschen in seiner Vergangenheit. Ich habe es ausgenutzt, dass er mich offen-sichtlich liebt. Und so Sachen aus ihm heraus-gepresst, die Alex nie bekommen hätte. Ich habe mich einfach schlecht und elend gefühlt und gedacht, ich müsse ihm irgend-etwas geben. Als er sagte, er möchte eine

Belohnung, dachte ich, jetzt kommt bestimmt, dass er mit mir schlafen will. Ich war dann regelrecht erleichtert, als er sagte, er wolle nur einen Zungenkuss. Dass das Ganze auf dem Bild natürlich verheerend ausschaut, ist mir schon klar. Aber Alex hat mir nicht einmal die Chance gegeben, es zu erklären. Er hat sich im Gästezimmer einge-schlossen und geht nur raus, um sich etwas zu essen zu machen. Wenn ich ihn anspreche, kommt als Antwort: ‚Ich habe es schon begriffen'!"

Nichts hat er begriffen. Ich war ihm nie untreu! Nie!"

„Aha. Und ein Zungenkuss mit einem anderen ist keine Untreue? Das sehe ich etwas anders", meinte Richter Mantzaris.

Angelos war still und ratlos.

Es war ein Fehler.

Vielleicht der Schlimmste seines Lebens.

„Verstehst du denn die Umstände nicht? Dimitri ist genauso vergewaltigt worden wie ich. Noch viel mehr und öfters. Ich hatte Mitleid mit dem Jungen und zusammen mit seiner Liebe zu mir, kam dann dieser Mist heraus! Aber nur so konnten wir heraus-finden, was in dem Waisenhaus wirklich vorging und vorgeht. Wir können andere Kinder davor bewahren, dass ihnen Gleiches widerfährt. Sieht er das denn nicht?"

„Nein. Für ihn gibt es nichts außer Angelos. Da kommt lange nichts. Und ausgerechnet der Mensch, dem er als Einzigem vertraut hat, hintergeht ihn – ausgerechnet mit der ‚Rotznase', wie er sagen würde", entgegnete Mantzaris.

„Herrgott, es waren zehn Sekunden für einen guten Zweck!"

Ratlos schwiegen die beiden.

„Was glaubst du: was wird er jetzt tun? Sich wieder beruhigen?"

Mantzaris schüttelte den Kopf.

„So wie ich Alex kenne, wird er dir das nicht verzeihen. Er wird sich trennen!"

Angelos saß da wie vom Donner gerührt.

„Scheiden lassen? Wegen fünf halb-dienstlicher Sekunden?"

Das war's dann, dachte Angelos.

„Ich kann aber ohne ihn nicht", sagte er kleinlaut. „Ob du es nun glaubst oder nicht: ich bin derjenige, der…"

„Glaube nicht, dass ich das nicht schon längst wüsste", sagte Mantzaris.

25

Alex saß zuhause am Küchentisch.
Wie sollte es weitergehen? Gar nicht.
Ich kann nicht mehr ohne ihn, aber ich kann
ihm nicht mehr vertrauen. Was war an dem
Abend tatsächlich passiert? Oder: was war
noch passiert? Sicher, miteinander schlafen
hätten sie nicht können, wegen Angelos´
Dysfunktion. Aber das ist nicht das Entschei-
dende. Er war ihm untreu. Er hatte sein
Vertrauen missbraucht.
Alex war stolz auf sich, dass er an jenem
Abend so ruhiggeblieben war, obwohl der
Rotzlöffel ein rotes Tuch für ihn war. Nur
Angelos konnte Dimitri knacken, da hatte
Mantzaris recht. Aber damit war kein
Zungeneinsatz gemeint. Noch immer wurde
ihm schlecht beim Gedanken an das Bild.
Alex wusste: er musste Mykonos verlassen.
Den Spott würde er nicht ertragen.
Nur: wohin? Alles lag in Scherben.

Bei Richter Mantzaris läutete das Telefon.
Angelos hörte „Ja", „Nein" und „Klar".
Nach dem Auflegen sagte Mantzaris:
„Showdown. Alex kommt. Geh du nach
nebenan. Ich bezweifle zwar, dass ich
irgendetwas ausrichten kann, aber
versuchen will ich es."

„Danke", war das Einzige, was Angelos hervorbrachte. Er machte sich wenig Hoffnungen. Auch ihn plagte die Frage: Wohin? Bei ihm kam noch hinzu: wofür?

„Hallo, Alex. Ich habe das Foto auch bekommen. Du musst dich schrecklich fühlen!"
Das war eindeutig der falsche Text.
Alex brach in Tränen aus.
„Es war mein Fehler, ich habe das Ganze vorgeschlagen. Mach mir Vorwürfe, aber nicht ihm", sagte Mantzaris.
„Du hast nicht vorgeschlagen, dass er Dimitri einen Zungenkuss geben soll!", antwortete Alex.
„Ich bin eigentlich hier, um zu fragen, wie die Scheidung abläuft. Das Haus gehört zur Hälfte Angelos. Es müsste verkauft werden und der Erlös dann geteilt. Richtig?"
„Bist du noch bei Trost?", fragte Mantzaris.
„Und dann muss ich weg von hier. Das Gelächter ertrage ich nicht", fügte Alex an.
„Hast du dich denn nicht gefragt, was wirklich passiert ist. Hast du IHN gefragt? IHM die Chance gegeben, es zu erklären. Sicher nicht. Oder liege ich verkehrt?"
Alex dachte nach.
„Was gibt es denn da zu erklären? Da kann man nichts erklären. Das spricht doch für

sich. Er war mir untreu. Er hat mich betrogen!"

„Hat er das wirklich?", fragte Mantzaris.

„Hat er im Bezug auf den Abend dich angelogen?"

Wieder überlegte Alex.

„Nein. Er hatte gesagt, dass es eine gemeine Aktion gewesen war. Und auf die Frage nach der Belohnung hatte Angelos mit ‚Frag bitte nicht' geantwortet."

Mantzaris lächelte.

„Nun kommen wir dem Ganzen schon näher!"

„Gut. Auch wenn er nicht gelogen hat, er hat mich betrogen!"

„Hat er das wirklich?", war die erneute Frage Mantzaris´.

„Sag nicht, es sei eine Fotomontage. So etwas kann man nicht montieren!", entgegnete Alex.

„Das sage ich auch nicht. Aber vielleicht ist der Abend ganz anders verlaufen, als du dir in deiner eifersüchtigen Phantasie vorstellst! Es könnte auch eine ganz andere Erklärung hierfür geben!"

Mantzaris wedelte mit dem Foto.

„Bist du wirklich so dämlich, deine Ehe zu beenden wegen einer Momentaufnahme?

Ohne Angelos die Möglichkeit zu geben, den Verlauf des Abends aus seiner Sicht zu schildern? Ist das fair?"

„Gut. Dann soll er es mir erklären. Aber ich kann mir nichts vorstellen, was das Foto rechtfertigen würde", meinte Alex.

„Im Übrigen nimmst du es mit der Wahrheit auch nicht immer so genau, Alex!"

„Wie meinst du das?"

„Nun, du hast mir erzählt, du wärst impotent. In Wahrheit war es Angelos! Im Grunde genommen hat die letzten Tage nur einer gelogen: du. Also spiel nicht den Moralapostel!"

Mist. Angelos hatte es Mantzaris erzählt.

„Ich wollte ihn schützen. Für das mit Dimitri gibt es keine Entschuldigung!"

„Ich denke schon", erwiderte Mantzaris und öffnete die Tür zum Nebenzimmer.

„Und nun klär das mit deinem ‚kleinen Pfirsich'! Und hinterher will ich nichts mehr von Scheidung hören!"

26

Auf der Türschwelle stand ein heulender
Angelos. Alex´ Gerede über Scheidung und
den Verkauf des Hauses zog ihm den Boden
unter den Füßen weg.
„Bitte tu es nicht! Lass mich nicht allein!
Und lass mich endlich erzählen, was an dem
Abend passiert ist!"
Der Anblick seines weinenden Ehemanns
brachte Alex schwer in Bedrängnis.
Er hätte nicht geglaubt, dass eine Trennung
von ihm, Alex, Angelos so mitnehmen würde.
Das überraschte ihn nun doch. Aber
warum macht er dann solche Sachen wie
mit Dimitri? Das Foto blieb.
„Bitte! Dann erzähl mir deine Version!"
„Es gibt nur eine, Alex. Die andere fand nur in
deinem Kopf stand!"
„Und am Fabrika-Platz, wie man sieht!"
Alex hob das Foto hoch. Hinschauen konnte
er noch immer nicht!
Am Liebstem hätte Alex Angelos sofort in den
Arm genommen. Aber sein Stolz verbot es
ihm.
Er stand am Fenster. Angelos noch immer an
der Türschwelle.
„Ich habe mich an dem Abend wie ein
Schwein verhalten. Aber nicht dir

gegenüber, sondern gegenüber Dimitri. Ich habe seine Liebe zu mir ausgenützt. Auf Mantzaris´ Rat. Und du hast es zwar nicht gewollt, aber ausschließlich aufgrund deiner Abneigung gegenüber Dimitri. Die durch nichts begründet ist, außer auf 30 Minuten, die sich der Junge mit mir unterhalten hat. Ich bin 29, Herrgott. Ich gehe nicht mit einem 19-jährigen ins Bett. Habe ich damals von Scheidung gesprochen, als du mir das unterstellt hast? Nein."

„Dafür habe ich auch eine verpasst gekriegt", erwiderte Alex.

„Als ob das zu vergleichen wäre mit der Drohung, sich scheiden zu lassen!"

Da hatte er nicht Unrecht. Aber Reden konnte Angelos schon immer.

„Gut. Da magst du recht haben. Aber der Zungenkuss bleibt trotzdem!"

„Was stört dich besonders? Dass ich dir angeblich untreu war oder dass die ganze Insel das Foto gesehen hat und du wie der gehörnte Ehemann dastehst?", fragte Angelos.

Autsch.

Wunden Punkt getroffen. Aber ja nicht zugeben! So einfach mache ich es dir nicht!

„Das Gerede der Leute interessiert mich nicht", sagte Alex.

„Da habe ich gerade etwas anderes gehört. Du müsstest fort von hier ziehen, weil du das Lachen über dich nicht ertragen könntest."
In die Falle getappt. Er ist halt doch ein guter Bulle.
„Wir sagen alle nicht immer die Wahrheit. Aber ich habe dich noch nie belogen. Und schon gar nicht an diesem Abend!", fügte Angelos hinzu.
„Aber du hast etwas weggelassen. Ist das vielleicht besser?", gab Alex zurück.
„Nein. Aber lass mich jetzt erklären, was wirklich passiert ist!"
Alex nickte.
„Dimitri wollte gar nichts erzählen. Er hat schnell erkannt, dass ich nur auf Informationen aus war. Er hat dicht gemacht. Es blieb mir nichts anderes übrig, als zu unfairen Mitteln zu greifen!"
„Du meinst damit Küssen!", sagte Alex.
„Nein. Nur Streicheln und das nicht dort, wo du meinst. Dann fing er an zu erzählen. Er ist in dem Waisenhaus vergewaltigt worden. Und das über lange Zeit. In dem Moment wurde mir richtig schlecht. Ich habe mit einem Vergewaltigungsopfer gespielt, ihn manipuliert. Dabei bin ich selber ein solches Opfer!"
Und Angelos kämpfte mit den Tränen.

Alex WOLLTE noch sauer sein, aber er merkte wie der Groll immer mehr dem Mitleid wich. „Ich habe dich damit nie belastet und es nie verwendet als Entschuldigung. Aber es ist nun mal passiert. Und dann treffe ich auf ein anderes Opfer und betrüge es. Ich wollte mich irgendwie bei ihm entschuldigen, aber wie hätte ich das können, ohne ihm die Wahrheit zu sagen? Es musste etwas sein, was ihm Freude bereitet!"

„Ein Zungenkuss!", sagte Alex.

„Ja. Bei allem anderen hätte ich unter Garantie ‚nein' gesagt, zumal bei mir ohnehin nichts ging. Aber er hat sich gefreut und hinterher richtig glücklich ausgesehen. Und ich habe mich elend gefühlt. Genau das habe ich dir auch erzählt. Dass ich so etwas nie mehr tue. Das Ganze war ein Fehler. Aber nicht nur der Zungenkuss, sondern dass ausgerechnet ich ihn befragen sollte."

„Wodurch wir nun die Wahrheit kennen und andere Kinder verschont werden", antwortete Alex.

„Und das ist die Rechtfertigung? Ich finde das moralisch etwas dürftig. Was soll ich Dimitri sagen, wenn ich ihm begegne?"

„Das musst du entscheiden!"

Angelos stand noch immer in der Türe. Er wusste, dass, wenn er Alex näherkäme, dessen Widerstand zusammenbrechen würde. Er kannte seinen Mann.

Aber dieses Mittel wollte er bewusst nicht einsetzen.

Er musste seinen Mann mit Worten zur Rückkehr bewegen. Er hatte es versucht. Aber würde Alexandros es nachvollziehen können?

„Kannst du es jetzt verstehen?", fragte Angelos.

„Du darfst auch bis zu deinem Lebensende ‚kleiner Pfirsich' zu mir sagen", fügte er hinzu. Und Alex lachte.

„Komm her und lass uns diesen ganzen Mist vergessen. Und wenn das Foto kursiert, was soll´s?"

Angelos küsste Alex mit einer Vehemenz, die Alex spüren ließ, dass sein Mann sich eine Trennung nicht vorstellen konnte. Er käme nicht darüber hinweg.

Wenn die Angelegenheit eine gute Seite hatte: Alex war sich nun sicher, dass er seine Eifersucht komplett vergessen könne.

„Ich hoffe, ihr habt die Hosen oben. Ich komme jetzt wieder rein", rief Mantzaris von draußen.

27

Alex lag hinter Angelos und stützte sich mit dem Ellenbogen auf dem Kissen ab.

„Du weißt genau, dass sich auch vor mir ein schwarzes Loch aufgetan hat. Aber ich hätte nie gedacht, dass dich eine Trennung so treffen würde. Bei Mantzaris stand dir die pure Verzweiflung im Gesicht. Ich … äh … schaue jeden Morgen neben mich und frage mich, wie so jemand wie du bei mir im Bett liegt. Du könntest Hundert andere haben …"

Angelos drehte sich um.

„Vielleicht kapierst du es jetzt endlich? Mir sind die ‚Hunderte von anderen' vollkommen egal. Ich bin bei dir und da bleibe ich auch, also natürlich nur, wenn du willst. Du hast nie begriffen, wie schlecht es mir ging, als wir uns kennenlernten. Du warst es, der mich aufge-fangen hat. Und ohne dich wäre es noch weiter abwärts gegangen. Und im Gegen-satz zu anderen hat deine Liebe nichts mit dem Aussehen zu tun. Du liebst mich, weil ich der bin, der ich bin. Dass du derjenige bist, der mehr liebt, ist schlicht nicht wahr. Ich kann es nur nicht so zeigen, weil ich nicht die besten Erfahrungen gemacht habe. Aber das ist unfair dir gegenüber. Ich werde mich ändern. Hauptsache, ich muss nie mehr so etwas durchmachen, wie die letzten Tage."

„Entschuldige, dass ich so reagiert habe. Aber es schien so eindeutig", antwortete Alex.

„Wie du sagst, es ,schien' so. Es war trotzdem falsch von mir. Ich hätte es dir sagen sollen, dann hättest du es vielleicht verstanden!"

Da wiederum war sich Alex nicht sicher. Aber ihm war alles egal. Wichtig war nur eines: dass er wieder da ist. Und bleibt.

„Aber ich muss dir noch eines sagen", meinte Angelos und setzte sich auf:

„Ich kann Dimitri jetzt nicht einfach die kalte Schulter zeigen. Das wäre charakterlos. Wenn er wegen seiner Erlebnisse in ein Loch fällt, werde ich mit ihm reden und ihm versuchen zu helfen."

Alex war still.

„Jetzt bist du wieder sauer", sagte Angelos.

„Nein. Im Gegenteil. Jeder andere wäre froh, dass wieder alles in Ordnung ist und würde das Thema meiden. Jeder andere würde Dimitri aus dem Weg gehen, um Ärger zu vermeiden. Du denkst an so einem Tag noch an einen anderen Menschen und riskierst neuen Ärger. Da siegt Charakter über Bequemlichkeit. Nein, ich bin nicht sauer. Rede mit ihm, wenn du willst. Auch gerne hier. Habe ich nichts dagegen. Und ich werde ihn auch nicht mehr ‚Rotzlöffel‘ nennen. Es gibt nur zwei Bedingungen: die Zunge bleibt drin und die Hose oben", antwortete Alex und lachte.

„Ich hatte gehofft, dass du so reagierst, nein, ich habe es gewusst. Wegen solcher Dinge bin ich bei dir. Du bist einfach anders."

28

Am sechsten Tag seines zweiten Mykonos-Aufenthaltes schien für Pavlos der richtige Zeitpunkt gekommen, um erneut zuzuschlagen. Fünf Tage normales Touristenverhalten würden reichen. Erstaunlich, wie ausgeprägt der Freiheitsdrang des Menschen ist. Pavlos tat alles, um nach der Tat fliehen zu können. Doch was ihm das bringen würde, konnte er nicht erklären. Er würde zurückkehren in das elende Leben mit seinen Zwängen und Dämonen. Würde man ihn erwischen oder gar töten, so würde es ihm nichts ausmachen. Dennoch zog er seinen Plan durch. Alternativen hatte er keine.

Er fuhr in der Dämmerung mit seinem Quad In Richtung Ano Mera. Pavlos hatte keine große Erfahrung mit dem ATV. Die Kurven waren schwer zu fahren und die Schlaglöcher taten ihr übriges. Müsste er schnell verschwinden, würde er aufpassen müssen, um nicht durch einen Fahrfehler den ganzen Plan in Gefahr zu bringen.

Er stellte das Quad etwa 200 Meter entfernt vom Waisenhaus ab. Er hatte mit Absicht ein grünes Quad gewählt, denn fast alle diese Fahrzeuge waren grün. Selbst trug er schwarze Kleidung.

Er überwand eine kleine Mauer auf dem Nachbargrundstück des Waisenhauses, und schlich über das unbewohnte Anwesen, auf dem ein verfallenes Gebäude stand.

An der Grenze zum Heim stand eine weitere Mauer, die er über einen Schuttberg problemlos erreichte. Vorsichtig lief er auf der Mauer zehn Meter. Es war stockdunkel und er musste aufpassen, dass er nicht auf einem kleinen Stein ausrutscht.

Schließlich erreichte er den Punkt, wo die Mauer direkt an das Dach des Waisenhauses anschloss.

Er musste fast lauthals lachen. Auf dem Dach lag noch immer eine Leiter zur Dachluke.

Der Weg nach draußen. Heute offensichtlich immer noch so wichtig wie früher. Nur über die Leiter konnten sie nachts ins Freie und ins Dorf fliehen.

Die große weite Welt für Kinder, die nichts außer der Enge des Heimes kannten.

Und vor allem: in der Welt draußen waren sie sicher vor Pater Nikos und Bruder Michael.

Stunden, ohne die sie nicht überlebt hätten.

Von den Grausamkeiten, die auch das spätere Leben für sie bereithielt, hatten sie noch keine Ahnung.

Die Leiter schien nie entdeckt worden zu sein. Kein Wunder, denn das Nachbargrundstück war schon zu seiner Zeit verwahrlost und unbewohnt. Oder die älteren Kinder hatten immer wieder eine neue organisiert und auf dem Dach befestigt.

Es machte ihm vieles leichter. Das Waisenhaus hatte einen richtigen Dachstuhl – statt des in Griechenland üblichen Flachdachs. Am oberen Ende der Leiter befand sich das geöffnete Dachfenster, durch das er in das Gebäude gelangte. Die Türe zum Gang war wie früher zwar verschlossen, doch die Jungen hatten bestimmt einen Zweitschlüssel „organisiert". Er hingegen musste die Türe aufbrechen. Deswegen hatte er geplant, bis um 22.00 Uhr zu warten. Wenn die Kirchenglocken anfangen würden zu läuten, könnte niemand das Aufbrechen der Türe hören.

Um 22.02 Uhr stand er im Obergeschoss des Waisenhauses, in dem die Zimmer der Priester und Betreuer lag.

Er lauschte an der Türe zu Bruder Michaels Zimmer und stellte fest, dass es leer war.

Guter, alter Bruder Michael. Berechenbar.

Um 22.00 Uhr inspizierte er noch immer den Schlafsaal. Danach begab sich Bruder Michael gewöhnlich in sein Zimmer und

setzte sich an den Schreibtisch. Oder er holte sich einen der Jungen zu sich. Pavlos hoffte, dass heute Michaels enthaltsamer Tag war.
Ein Kind würde es kompliziert machen.
Es würde schreien.
Und er würde es auch töten müssen, was er im Grunde genommen nicht wollte.
Nicht heute.
Die Türe war unverschlossen und Pavlos betrat das dunkle Zimmer. Doch er wusste noch im Detail, wo was stand.
Das Fenster mit den langen Vorhängen davor, befand sich hinter dem Schreibtisch und dem Drehstuhl.
Alles wie früher.
Pavlos stellte sich hinter den Vorhang und wartete.

Zwanzig Minuten später hörte er, wie sich Schritte dem Zimmer näherten. Dann wurde die Türe geöffnet und Bruder Michael schaltete das Licht ein. Es war noch immer die gleiche 20-Watt-Funzel wie früher, oder sogar dieselbe.

Pavlos hörte das Ächzen des Drehstuhls. Bruder Michael hatte sich also an den Schreibtisch begeben.

Pavlos riskierte einen Blick und sah, dass die Gestalt Papiere las.

Er trat hinter dem Vorhang vor und stellte sich hinter Bruder Michael. Er würde aufpassen müssen, dass kein Blut auf ihn spritzt, schließlich konnte er schlecht blutbesudelt ins Hotel zurück. Spät in der Nacht zurückkommen, war auch keine Alternative, denn mitunter war der Nachtportier sogar wach – selten bei dieser Spezies. Also war Vorsicht geboten.

Dann schnitt Pavlos Bruder Michael die Kehle durch. Das Blut spritzte nach rechts, aber nicht in dem Maße wie erwartet.

Jedoch hatte er nicht bedacht, dass bei einem Drehstuhl dieser der Bewegung folgt. Er hatte nicht richtig durchziehen können.

Und jetzt bewegte sich die Gestalt noch und war im Begriff sich umzudrehen.
Pavlos war wie versteinert, anstatt nochmals mit dem Messer auf Bru..

Das war nicht Bruder Michael, sondern ein anderer, ihm fremder Mann. Und dieser Mann packte ihn am Arm – trotz seiner Verletzung an der Kehle.
Pavlos fing sich wieder und stach ihm mit dem Messer in den Kehlkopf.

Die Versöhnungsnacht im Hause Nikakis
fand ein jähes Ende, als Angelos´ Handy
brummte.

„Mantzaris. Was will der denn früh um acht?",
sagte Angelos zu Alex, der bedrohlich
brummte, wie immer, wenn man ihn zu früh
weckte.

„Hallo Richter! Willst du dich nach unserem
Befinden erkundigen? Wir sind dir sehr
dank… Waaas ist passiert?"

Angelos hörte zu und Alex war plötzlich auch
hellwach.

Als Angelos das Gespräch beendete, sagte
er: „Der nächste Mord im Waisenhaus!"

„Lass mich raten. Bruder Michael. Und der
hat´s nicht anders verdient. Lass uns noch
zwei Stunden schlafen. Wegen eines
Päderasten stehe ich nicht um acht Uhr auf,
erst recht nicht, wenn er tot ist", sagte Alex
und drehte sich wieder um.

„Nein, Alex, es ist nicht Bruder Michael.
Es ist Gekas, der Herr Sonderermittler. Der
Bürgermeister rotiert. Klar. Jetzt macht die
Kirche richtig Druck!"

„Gekas?? Warum sollte jemand den
ermorden?"

„Tja, mein alter Mann. Für die Beantwortung
dieser Frage sind leider wir zuständig."

„Herrje, das ist aber wieder eine Sauerei. Es gibt so viele Mordarten, bei denen alles sauber bleibt. Immer bekomme ich die Ausgebluteten", knurrte Dimitriadis.
Es war tatsächlich immer wieder erstaunlich zu sehen, wieviel Blut sich im menschlichen Körper befand – wenn es abgelassen wird. Eine Riesenlache, Spritzer an der Wand, der ganze Schreibtisch unter einer zähen, roten Masse, die langsam trocknete.
Bruder Michael stand kreidebleich im Zimmer und sagte kein Wort.
Angelos ging zu ihm und flüsterte ihm ins Ohr: „Das ist doch eigentlich Ihr Zimmer, oder? Verdammtes Glück gehabt. Aber für wie lange?"
Alex stand daneben und konnte sehen, wie sehr Angelos jedes Wort genoss. Zu recht. Sollte Bruder Michael ruhig ein bisschen Angst haben.
„Wieso haben Sie das Zimmer getauscht?", fragte Alex.
„Weil in unserem Gästezimmer kein Schreibtisch steht und es hat auch kein Telefon. Deswegen habe ich Gekas mein Zimmer gegeben", sagte Bruder Michael, sichtlich geschockt von der Szenerie.

„Wie günstig für Sie", entgegnete Angelos mit breitem Lächeln.

„Was wollen Sie damit andeuten? Dass ich ihn umgebracht habe? Das ist lächerlich!"

Und wieder ging Angelos ganz nahe zu ihm und sagte leise:

„Vielleicht ist Ihnen Herr Gekas bei etwas auf die Schliche gekommen?"

Wieder zeigte Angelos sein schönstes Lächeln.

„Ich wüsste nicht, was das sein sollte", antwortete Bruder Michael.

„Ich schon. Und einer wird Sie erwischen. Entweder ich oder der Mörder. Sie können gehen!"

Angelos ging zu Alex und küsste ihn auf die Wange.

„Ich habe ‚ich' statt ‚wir' gesagt. Sorry. Aber es hat einfach zu viel Spaß gemacht. Ich habe nicht aufgepasst."

„So empfindlich bin ich nun auch nicht", sagte Alex.

„Wenn die Herren dann fertig sind mit Turteln, können wir uns dann mal hiermit beschäftigen?", raunzte Dimitriadis, dessen Laune immer schlechter wurde.

„Immer die Ruhe", sagte Alex.

„Was ist eigentlich mit dem Problem in der Hose, Herr Kommissar?", fragte Dimitriadis süffisant.

Arschloch. Angelos wollte schon antworten, als ihm einfiel, dass Dimitriadis ja davon ausging, dass Alex das Problem hatte.

„Über meine Hose machen Sie sich mal keine Gedanken", konterte Alex gereizt.

Angelos hielt es für besser dazwischen zu gehen.

„Also: der Mörder wollte dem Opfer ein zweites Lächeln verpassen, hat aber übersehen, dass es auf einem Drehstuhl sitzt. Der Schnitt ist ab der Hälfte nicht tief genug. Der Stich in den Kehlkopf kam später und von vorne. Heißt: das Opfer konnte nach dem ersten Schnitt noch reagieren und hat sich auf dem Stuhl gedreht. Vielleicht konnte Gekas den Mörder sogar noch angreifen. Schauen wir uns mal die Fingernägel an. Alex! Kannst du die Handschuhe und die Plastikampullen holen?"

Alex grinste breit. „Klar!"

Dimitriadis stapfte wütend davon.

Als Alex wiederkam, sagte Angelos:

„Was habe ich denn jetzt wieder falsch gemacht? Und sag jetzt bloß nicht wieder ‚Superbulle' zu mir."

Alex lachte.

„Du hast nichts gemacht. Du kannst ja nichts dafür, dass du schlauer bist als unser Hilfs-Pathologe. Der brauchte mal eine kleine Lehrstunde. Köstlich!"

„War das arrogant? Das waren doch nur die Fakten! Sieht doch jeder Kommissar!", sagte Angelos.

„Ich weiß nicht, ob ich das gesehen hätte. Vor allem ohne Hilfe. Aber ich bin auch kein Großstadt-Kommissar. Lass uns nachsehen, ob du recht hast!"

„Er war Rechtshänder und …", begann Angelos.

„Woher zum Teufel weißt du das?", fragte Alex.

„Weil der Stift auf dem Schreibtisch rechts von der Ablage liegt", antwortete Angelos.

„Lieber Gott, bei dir bekomme ich wirklich Minderwertigkeitsgefühle", sagte Alex.

Aber er schmunzelte und war in Wirklichkeit verblüfft und irgendwie auch stolz.

„Ach was. Wenn Gekas den Mörder ange-griffen hat, finden wir am ehesten etwas an der rechten Hand! Da hatte er mehr Kraft. Hoffentlich hat sich nicht alles in der Blutsuppe aufgelöst", meinte Angelos.

Alex zog sich einen der Schutzanzüge und die Handschuhe an.

Er hob den rechten Arm der Leiche hoch und brauchte dafür einiges an Kraft. Diese verflixte Leichenstarre erschwert jedem Kommissar die Arbeit.

„Ich muss aber in die Suppe treten, um hinzukommen!"

„Macht nichts. Fußspuren sind ohnehin meist nicht zu gebrauchen. Sind eh nur Schuhspuren und die kann man wechseln", antwortete Angelos.

Alex grinste.

„Was grinst du jetzt?"

„Ich grinse doch nicht."

Alex griff nach der rechten Hand und bog die Finger kräftig nach hinten.

„Ich würde sagen, da haben wir Hautpartikel!"

„Dann haben wir die DNA, die uns aber nur etwas hilft, wenn sie in der Datenbank ist. Zumindest wissen wir, dass Gekas garantiert nicht das Opfer sein sollte", sagte Angelos.

Alex grinste erneut.

„Wehe, es kommt jetzt ‚Superbulle'! Und für dieses freche Grinsen wirst du heute noch bestraft!"

„Oh ja, bitte!"

„Hast du daran gedacht, dass bei mir alles runderneuert ist?", fragte Angelos.

„Oh je!"

32

Nachdem sie die Proben auf der Post abgegeben hatten, fuhren sie auf der Umgehungsstraße in Richtung Ornos, nach Hause. Zwischen den zwei Kreisverkehren schaute Angelos nach links und duckte sich urplötzlich.

„Alex! Dreh um! Sofort!"

„Was ist denn?"

„Bitte tu, was ich dir sage! Auf dem Parkplatz bei der Bäckerei stand ein Quad.

Schau, ob es noch da ist. Wenn der Mann rauskommt, fahr ihm hinterher. Bitte. Erklärung später."

„Alles klar. Nur folgen, nicht anhalten?"

„Nur folgen. Und ich lege mich jetzt mit dem Kopf auf deinen Schoß. So wie jetzt kann ich mich nicht richtig ducken. Und unterstehe dich, mich mit einer Erektion zu belästigen."

Und tatsächlich befand sich Angelos´ Kopf plötzlich zwischen Alex´ Beinen.

„Na, holla, ich tue ja mein Möglichstes, aber!"

„Bitte konzentriere dich auf das Quad und den Mann. BITTE!"

Ok, Ehemann im Alarmzustand. Und Alex wusste: dann WAR auch richtig Alarm.

Der Mann kam mit einer Tüte aus der Bäckerei heraus.

„Er kommt. 1,85 groß. Schwarzes, welliges Haar, Drei-Tage-Bart, gelbes T-Shirt und Jeans", sagte Paul.

„Das ist er. Folge ihm!"

Alex wusste zwar nicht, wer „er" ist, aber er tat wie geheißen.

Nur war dies leichter gesagt als getan. Zum einen blockierte Angelos´ Körper die Gangschaltung, zum anderen hatte das Quad einen großen Vorteil: im Stadtverkehr kam es schneller voran als ein Auto.

„Mist! Er quetscht sich durch die Fahrzeuge. Wenn er nach dem Kreisverkehr freie Bahn hat, ist er weg. Danach könnte er links nach Tagoo abbiegen oder rechts nach Panormos!"

Angelos kam aus der Deckung und setzte sich wieder aufrecht hin.

„Ich verliere ihn, Angelos!"

„Ich sehe es".

Er war mindestens dreihundert Meter vor ihnen und er hatte freie Fahrt.

Sorgen machte Alex mehr das versteinerte Gesicht seines Ehemanns. Er schien wie paralysiert.

„Was ist los mit dir? Wer war der Mann?"

Angelos reagierte nicht.

„Angelos?"

Er brach unvermittelt in Tränen aus.

„Um Gottes willen! Was ist denn los mit dir?

Rede mit mir!"
Angelos versuchte, sich zu fangen.
„Angelos! Wer ist der Mann? Bitte! Erkläre es
mir!"

Angelos holte tief Luft und sagte:
„Das war einer der Männer, die mich
vergewaltigt haben!"

33

Auf den restlichen zwei Kilometern wiegelte Angelos jede Frage mit einem Handzeichen ab.

Alex begriff: Angelos muss es erst verdauen, bevor er ihm Näheres würde erzählen können. Was bedeutet es, dass die ganze Geschichte jetzt wieder hochkommt? Dass sein Leiden wieder von vorne beginnt? Oder dass er es bewältigen kann?

„Geh in die Küche. Ich mache uns Espresso", sagte Alex.

Angelos setzte sich auf einen Stuhl und vergrub seinen Kopf zwischen den Händen. Alex setzte sich dazu und schwieg. Er legte seine Hand auf den Tisch. Und nach einigen Sekunden legte Angelos seine Hand darauf und drückte fest zu.

„Danke, dass du so geduldig warst. Ich hätte nie gedacht, dass ich einem dieser Typen noch einmal begegne. Ich war darauf nicht vorbereitet. Gib mir noch eine Minute", sagte Angelos.

„Alle Zeit der Welt", antwortete Alex.

„Er war der Brutalste der drei. Die anderen zwei hatten mich gefesselt, sodass ich auf dem Bauch lag. Sie machten es nur von hinten. Der Zweite stank so gotterbärmlich. Wahrscheinlich fühlte ich mich deswegen hinterher so schmutzig. Und dann kam er. Er sagte den zweien, sie sollen mich auf den Rücken legen und festbinden. Er wollte es von vorne machen, mir dabei ins Gesicht schauen. Die anderen hielten mir die Beine auseinander. Keine Chance sich zu wehren. Sein Gesicht war nur Zentimeter von meinem entfernt. Er hatte den Blick eines Psychopathen. In dem Moment begriff ich, dass es auch um mein Leben ging. Ich hatte Schmerzen und schrie. Und er lächelte immer mehr. Und spuckte mir ins Gesicht. Immer und immer wieder!"

Angelos musste eine kurze Pause machen. Alex saß nur da und drückte seine Hand.

„Als es vorbei war, hörte ich die drei diskutieren. Nummer drei wollte mich töten, aber die anderen zwei sagten ihm, dass eine Vergewaltigung etwas anderes sei als ein Mord. Es gäbe ohnehin keine Zeugen und wer würde schon einem Schwulen glauben, der von Männern vergewaltigt wurde. Und als Polizist würde ich ohnehin nichts sagen. Aus Scham. Und so war es ja auch. Danach ging bei mir gar nichts mehr. Es waren drei Jahre wie in Trance. Alkohol und Drogen und unter keinen Umständen Sex.

Das Komische ist, dass in der einen Sekunde, in der ich dich sah, die ganze Angst verflog. Ich hatte sofort Vertrauen in dich."
Plötzlich lachte er.
„Und dein Gestammel war so putzig, dass man sich in dich verlieben musste."
Noch immer ließ Alex Angelos reden.
„Ja. Wie du ja schon seit unserem Gespräch bei Mantzaris weißt, hast du mich gerettet. Klingt pathetisch – und das ist nicht meine Stärke -, aber länger hätte ich dieses Leben nicht ertragen.
Bei dir erlebte ich zum ersten Mal, wie es ist, geliebt zu werden, nein, angehimmelt zu werden. Ich bin derjenige, der morgens neben sich schaut und denkt, wieviel Glück ich doch mit dir hatte und habe. ICH werde dich nie verlassen!"
Eine Minute herrschte Stille in der Küche. Dann sagte Alex:
„Danke, dass du es mir erzählt hast. Du hast noch nie mit jemand darüber gesprochen, habe ich recht?"
Angelos nickte.
„Du bist der Erste!"
„Ich werde versuchen, es immer im Hinter-kopf zu behalten. Und wenn ich mich über dich ärgere oder dich nicht verstehe, werde ich es herausholen. So stehen deine

Chancen gut, weitere Krisen zu überstehen",
sagte Alex.
„Eine Art Blankoscheck?", fragte Angelos,
jetzt wieder leicht lächelnd.
„Ja. Aber übertreibe es nicht!"

34

„Zurück zu dem Mann. Was können wir tun?",
fragte Alex.

„Nichts. Das Kennzeichen habe ich nicht
gesehen. Und wie sollen wir ihn finden? Im
Moment sind mehr als 30.000 Menschen auf
der Insel", sagte Angelos resignierend.

„Das wäre nicht das größte Problem. Aber
wir bekommen niemals einen Haftbefehl. Wir
haben nur deine Aussage, sonst nichts. Keine
Indizien, keine DNA, keine Zeugen. Sei mir
nicht böse, aber das sind die Fakten. Die
einzige Möglichkeit wäre, ihn abzupassen,
ihn in eine dunkle Ecke zu schleifen und
ordentlich zu vermöbeln. Da wäre ich
natürlich dabei!"

Angelos sagte zunächst nichts.

„Du hast mit allem recht. Wir müssten ihn erst
finden. Und dann? Ich bräuchte die anderen
beiden Täter und die müssten sich selbst
belasten. Und die dunkle Ecke: die Wunden
von Prügel verheilen. Er wäre nach ein paar
Wochen wiederhergestellt. Und ob es mir
besser ginge, weiß auch keiner!"

Angelos stand auf und ging zum Fenster.

„Ich glaube, das Beste wäre es, zu
vergessen, dass ich ihn heute gesehen habe.
Ich wünsche ihm zwar einen qualvollen Tod,

aber an diese Art Gerechtigkeit glaube ich nicht!"

Alex stand auf und umarmte Angelos von hinten.

„Er wollte dich zerstören. Und schau, wie du jetzt dastehst. Du bist – so hoffe ich – glücklich verheiratet, im Kopf so fit wie wahrscheinlich noch nie ... Du solltest nach vorne schauen. Klar kannst du es nicht vergessen, aber pack es in eine Schachtel und mach einen Deckel darauf! Ich weiß, das sagt sich leicht. Aber ich helfe dir, wenn du mir sagst, wie", sagte Alex.

„Du hast mir schon mehr geholfen als du denkst. Lass uns den Typen vergessen. Verschwendete Energie!"

Aber Alex war keineswegs der Meinung, man solle den Täter von damals vergessen.
Im Gegensatz zu Angelos hatte er das Kennzeichen des Quads gesehen.
EVW 567.

35

Alex saß zuhause auf Kohlen, bis Angelos endlich zum Einkaufen ging. Sie machten auch dies in der Regel gemeinsam, doch heute hatte Alex „grässliche Kopfschmerzen!"

Er wählte die Nummer der Polizei und war froh, dass er Maria ans Telefon bekam. Jonas, der neue „Leiter der Polizei", hätte ihm bestimmt nicht geholfen. Zu groß war dessen Wut darüber, dass er nicht zum Kommissar ernannt wurde, sondern er den Titel „Leiter der Polizei" erhielt, der bedeutete: ich habe nichts zu sagen und bekomme auch nicht mehr Geld. Und zu oft hatte Alex an Tatorten „Verpiss´ Dich" zu Jonas gesagt.

Aber zu Maria hatte er schon immer ein gutes Verhältnis. Und das war wichtig, denn der Zugang zu staatlichen Datenbanken war absolut notwendig für die Arbeit der beiden Ermittler Alex und Angelos. Sicher, der Bürgermeister hätte ihnen jeden Wunsch erfüllt, denn er wusste, dass Jonas nicht einmal einen Ladendiebstahl aufklären konnte. Es hätte aber immer einen enormen Zeitverlust bedeutet, der bei Ermittlungen katastrophale Folgen nach sich ziehen würde.

Maria hatte auf dem „kleinen Dienstweg"
Alex und Angelos immer geholfen.
Wahrscheinlich war auch sie ein bisschen
verliebt in Angelos, dachte Alex.
„Maria, ich brauche deine Hilfe.
Kennzeichenabfrage. EVW 567. Ein
Mietquad. Ich brauche den Vermieter. Und
bitte ruf auf meinem Handy zurück!"
„Wird erledigt, Chef!", sagte sie und Alex
musste lachen. Auch sie konnte sich nicht an
Jonas als ihren Vorgesetzten gewöhnen.

Es dauerte keine zehn Minuten, bis Maria
zurückrief.
„Hertz am Flughafen!"
Alex stöhnte. Eine kleinere Vermietung wäre
ihm lieber gewesen. Dort würde man sich an
jeden Klienten erinnern. Bei den großen
Rentals wäre das nicht der Fall. Zudem
befürchtete er, dass es keine Unterlagen
geben könnte. Keine Papiere, keine Steuern.
Hertz hatte aber einen Vorteil: Kostas.
Alex kannte den Chef und kam schon immer
gut klar mit ihm.

36

Als Angelos nach Hause kam, wedelte er mit einem Umschlag.

„Die DNA-Ergebnisse sind da. Aber wie befürchtet: keine Übereinstimmung. Mist."

„Schade", antwortete Alex. „Was machen wir jetzt? Und dann haben wir noch immer das Problem mit Bruder Michael. Ich glaube zwar nicht, dass er seit Nikos´ Tod sich noch an den Kindern vergeht, aber sicher bin ich mir nicht."

Angelos grinste.

„Ich schon. Ich habe gesehen, wie er zu zittern begann, als ich ihm gesagt habe, er würde der Nächste sein."

Das Problem löste sich innerhalb von zwei Minuten.

Die Flughafenpolizei rief an und teilte mit, Bruder Michael habe die Insel an Bord einer Aegean-Maschine nach Athen verlassen. Der Sicherheitsbeamte hatte – wie befohlen – ihn lapidar gefragt, ob er denn ein paar freie Tage in der Hauptstadt verbringen wolle. Bruder Michael hatte geantwortet, er habe Termine bei der Kirchenverwaltung. Wird man mit einer Frage auf dem falschen Fuß erwischt, sagen viele die Wahrheit – um sich hinterher zu ohrfeigen.

„Siehst du, ich bin vielleicht am Tatort besser. Dafür hattest du den Einfall, die Sicherheitsbeamten zu instruieren, für den Fall, dass Michael die Insel verlässt", sagte Angelos und fügte an: „Deswegen sage ich aber nicht, dass du ein ‚Superbulle' bist"

Alex lachte.

„Gut, damit sind die Kinder erstmal in Sicherheit. Das ist das Wichtigste. Heißt: wir haben keinen Zeitdruck. Denn auch das potentiell nächste Opfer, Bruder Michael, ist außer Reichweite. Folgt ihm der Täter nach Athen, kann es uns egal sein!"

Angelos schaute skeptisch.

„Na ja, als Polizist hätte mich diese Einstellung entsetzt, aber als Privatdetektiv gebe ich dir recht. Und unserem Auftraggeber, dem Bürgermeister, ist die jetzige Lösung am Liebsten: Bruder Michael und der Mörder sind wahrscheinlich weg.

Dennoch: der Mörder KÖNNTE noch hier auf der Insel sein und wir hören nicht auf, bevor wir ihn haben oder es sicher ist, dass er geflohen ist. Im letzten Fall müssten wir aber Athen informieren!"

„Gut. Einverstanden. Wir machen weiter. Womit?"

„Speichelproben der älteren Kinder", sagte Angelos.

„Das ist doch nicht dein Ernst."

„Alex, du unterschätzt den Hass des Opfers auf den Vergewaltiger. Und die Älteren haben sehr wohl begriffen, was passiert. Physisch sind sie zu den Verbrechen in der Lage!"

„Vergiss nicht, dass es auch ein ehemaliger Insasse sein könnte. Wir brauchen die Listen der letzten – puh – fünf oder zehn Jahre. Einen Abgleich, wer von denen straffällig wurde und von dem eine DNA-Probe vorliegt!"

Angelos überlegte.

„Du hast recht. Wir brauchen beides. Nicht gerade wenig Arbeit!"

Und Alex war das ganz recht. In dem ganzen Berg von Arbeit konnte er seine Nachforschungen weitertreiben, ohne aufzufallen.

„Ok, ich fahre nach Ano Mera und hole die Listen und dann geben wir sie Maria zum Abgleich!"

Gute Idee.

Dann kann ich mit Kostas sprechen.

37

„Hallo Alex, lange nichts mehr gehört von dir!"
Alex lachte.
„Sei doch froh, wenn du von der Polizei nichts hörst. Und jetzt droht dir ohnehin keine Gefahr mehr, weil ich nicht mehr bei der Kripo bin."
Kostas lachte.
„Was aber dich und deinen Mann nicht ungefährlicher macht, wie man so hört!"
Wir machen also gute Arbeit, dachte Alex.
„Und meine Tochter findet deinen Mann ,saugeil', wie sie sagte!"
„Sag ihr, ich hacke ihr die Hände ab", entgegnete Alex. Tja, das war der Preis dafür, einen schönen Mann zu haben.
„Also, Alex, was willst du? Lass mich raten. Den Mieter eines Wagens."
„Fast. Quad. EVW 567!"
Kostas lachte.
„Da bei uns jede Vermietung verbucht wird" – an der Stelle lachte Alex laut – „kann ich es dir gleich sagen! Moment!"
Alex saß auf Kohlen.
„Ein gewisser Pavlos Karamanlis, wohnhaft Athen. Ich habe auch ein Foto von ihm!"
„Ich könnte dich küssen", sagte Alex.

„Du wirst dich unterstehen. Aber es kommt noch besser: Der Kunde wollte, dass wir ihm das Quad ins Hotel bringen. Spezieller Service von uns.

Alex war sprachlos. Soviel Glück kann man doch nicht haben.

„Wo wohnt er?"

„Im ‚Kouros'!", sagte Kostas.

„Das gibt drei Pluspunkte, jederzeit einlösbar!", antwortete Alex.

„Auch bei der Steuerfahndung?", fragte Kostas lachend.

„Auch da. Soviel Einfluss habe ich noch", meinte Alex und legte auf.

Das „Kouros"!

Das Hotel seines Freundes Nikos.

Tja, Herr Karamanlis, ich komme näher!

38

Pavlos saß in seinem Zimmer und war wütend. Natürlich nicht über sich. Woher hätte er ahnen sollen, dass dieser andere Pope auf dem Stuhl saß?
Gut, er hätte den zweiten Stich sofort setzen sollen, dann hätte der Pope ihn nicht angreifen können. Schwerer Fehler.
Blut hatte er fast keines abbekommen und wie erwartet erwartete ihn im Hotel ein Nachtportier, der im Hinterzimmer schlief. Geld im Schlaf verdienen, sozusagen, wenn auch sicher nicht mehr als sechs Euro.
Gesehen hatte ihn auch keiner. Beim Abstieg über das Dach und auch auf der Straße war niemand zu sehen. Und selbst wenn: vor Betreten des Dachs hatte er seine Sturm-maske aufgesetzt und während der Fahrt abgenommen und in die Schlucht geworfen. Auch Fingerabdrücke hatte man sicher keine gefunden.
Aber: Tatsache war, dass sein Plan geschei-tert war. Bruder Michael würde man sich nicht mehr nähern können.
Das Überraschungsmoment war weg.
Dennoch: Er hatte zwei Mal das Grauen gesehen und würde den Rest seines Lebens in Angst verbringen. Die Kinder würde er wohl auch in Ruhe lassen. Zumindest ein Teilerfolg.

Der andere Pope interessierte ihn nicht. Ein Kollateralschaden.

Pavlos beschloss, seine Pauschalreise auf Mykonos bis zum Ende zu verbringen.

Nur nicht auffallen. Einfach so weitermachen wie bisher.

Keine Ahnung hatte Pavlos davon, wie es mit seinem Leben weitergehen sollte.

Würden die Dämonen und Zwänge wieder-kommen oder haben seine Taten seine Psyche besiegt?

Seine Hoffnung war vergebens.

Ein Dämon würde ihn wieder einholen!

Im Hause Nikakis saßen Alex und Angelos am Küchentisch und verglichen Listen.

Zuhause fehlte ihnen die nötige IT für einen automatischen Abgleich und Maria hatte vom „Zwerg-Chef" Jonas, wie sie ihn nannte, die Anweisung erhalten, ihnen nur die Listen zukommen zu lassen.

„Dieser Riesen-Volldepp", schnaubte Alex.

„Komm, beruhige dich. Bis wir den Bürgermeister dazu bringen, Jonas in den Senkel zu stellen, haben wir die Listen durch. Dauert fünf Espressi und vielleicht machen wir dazwischen eine kleine Sexpause", meinte Angelos und lachte lauthals los.

„Es ist zu schön. Du machst bei Aussicht auf Sex das Gesicht eines Kindes an seinem Namenstag!"*

„Weißt du, wie viele Frauen darauf hoffen, dass der turnusgemäße Geschlechtsverkehr am Wochenende mit dem eigenen Ehemann ausfällt? Ich dagegen mache Luftsprünge. Sei mal froh!", antwortete Alex.

„Liegt aber daran, dass ich auch wirklich gut bin", sagte Angelos und prustete los.

„Angeber! Dein Glück, dass laut Gerede ich der Impotente bin!"

„Stimmt. Hatte ich ganz vergessen. Das werde ich noch richtigstellen, soweit ich es kann!"
Paul winkte ab.
„Lass mal. Ich kann damit leben. Sonst verlierst du noch deinen Status als Adonis, Hengst und Superbulle!"
„Idiot!"

In Griechenland feiert man keinen Geburtstag, sondern den Namenstag. Geschenke gibt es auch nur an diesem Tag.

40

Nach zwei Stunden schwirrten beiden nur noch Zahlen durch den Kopf. Sie fanden zwar heraus, dass es bei den endlosen Zahlenfolgen Konstanten gab, aber sehr viel brachte diese Erkenntnis auch nicht.
Alex lehnte sich auf dem Küchenstuhl zurück.
„Weißt du was? Ich hole jetzt Pizza!"
„Wieso holen? Gibt doch einen Lieferdienst!", fragte Angelos.
„Ja, aber da ist die Pizza meist kalt. Und außerdem brauche ich eine Pause!", antwortete Alex.

Nicht viel Zeit, um mit Nikos zu sprechen. Und unter keinen Umständen dürfte er die Pizza vergessen. Er hatte also 20 Minuten. Er fuhr von der Umgehung links den Hohlweg hoch zum „Kouros".
„Hallo, Alex! Du japst ja richtig. In Eile?"
„Ja, sehr. Darf ich dich um etwas bitten, ohne dass du fragst? Und es gleich wieder vergisst?"
Nikos lachte.
„Solange ich nicht mit dir schlafen muss", antwortete Nikos und lachte.
„Du hast einen Gast namens Pavlos Karamanlis. Das Mädchen vom House-Keeping soll morgen früh, wenn er zum

Frühstück geht, in sein Badezimmer gehen und die Zahnbürsten austauschen. Frag nicht, warum! Hast du eine zum Austauschen hier?"

Nikos verdrehte die Augen.

„Saublöde Frage. Pro Jahr vergessen wohl 200 Gäste ihre Zahnbürste. Was mache ich, wenn er den Tausch bemerkt?"

„Dann sagst du, sie wäre dem Zimmermädchen leider in den Eimer gefallen und sei sofort ersetzt worden!"

„Soll das Zimmermädchen nicht sicherheitshalber ein paar Haare eintüten? Du brauchst doch die DNA von Herrn Karamanlis, oder täusche ich mich?"

Nikos grinste. „Und am besten soll sie dabei Handschuhe tragen?"

„Schlaumeier!"

41

Und Alex hatte am folgenden Tag riesiges Glück. Angelos vertrug den Blutverdünner nicht so ganz.
Er wurde schnell müde und beschloss, einen Tag Ermittlungspause zu machen.
Freie Bahn für „Projekt Doppelschlag".
Zunächst kramte er in der Schublade im Wohnzimmer. Dann fuhr er sehr früh zu Nikos, nahm die Beutel in Empfang und schaffte sie zum Flughafen. Einer der Hubschrauber-piloten, die er fast alle kannte, hatte um 9.00 Uhr einen Flug nach Athen und Alex versprochen, danach die Beutel beim EYP abzugeben. Beim Geheimdienst deswegen, weil die ihm noch einen Gefallen schuldig waren. Und weil es schlicht schneller ging.

Als Alex sein Pensum erfüllt hatte, fuhr er wieder ins „Kouros" und setzte sich auf die Terrasse. Ein Blick auf die Ägäis, wie sonst nirgendwo. Der ideale Platz zum Nachden-ken.
Doch dann kam Nikos.
„Alles zu deiner Zufriedenheit erledigt? Der Herr ist übrigens nach Panormos gefahren. Ich habe ihn vom Hügel aus beobachtet, wie er links abgebogen ist."
Alex lachte.

„Mein Hilfs-Kommissar Nikos. Super!"

„Ich verstehe ja nicht, was der Mann getan haben soll. Und es interessiert mich auch nicht. Aber mir kommt er vor wie ein ganz normaler Tourist. Er war Sonnen, Baden und Shoppen!"

Sollte er Nikos einweihen?

„Ich befürchte, der Mann ist ein Mörder. Jedenfalls brauche ich die Zimmernummer und den Schlüssel!"

Nikos wurde weiß im Gesicht.

„Um Gottes Willen. Ich brauche alles – nur keinen Skandal."

„Ihr Hoteliers seid alle gleich", sagte Alex lachend.

Pavlos war elend zumute. Noch einen Tag Strand oder Shopping würde er nicht überleben. Es reichte ihm.

Gut, noch drei Tage. Dann würde sein Rückflug gehen.

Es war 23.00 Uhr, als er ins „Kouros" zurückkehrte.

Er öffnete seine Zimmertüre und machte das Licht an.

Im Sessel saß Alex.

„Wer zum Teufel sind Sie? Raus aus meinem Zimmer oder ich rufe die Polizei!", rief Karamanlis, der nur kurzzeitig überrascht wirkte.

„Nur zu. Das wird unterhaltsam. Ein Doppelmörder und Vergewaltiger, der die Polizei ruft", sagte Alex ruhig.

Und auf dem Gesicht von Pavlos machte sich Erleichterung breit. Endlich war es vorbei. Alex registrierte den Gesichtsausdruck und wurde wütend.

„Der erste, Pater Nikos, war ein Schwein. Er hat unzählige Kinder missbraucht. Mich auch. Und der zweite sollte Bruder Michael sein. War er aber nicht. Schade. Aber bei einem Popen trifft es garantiert keinen Falschen", sagte Karamanlis, der zusehends selbstbewusster wurde.

„Haben Sie überhaupt einen Durchsuchungs-
befehl? Sonst macht sich das nicht gut vor
Gericht!"

„Da machen Sie sich mal keine Gedanken.
Hier gilt das Prinzip ‚Gefahr im Verzug'!",
antwortete Alex.

„Nun, egal, als Opfer bekomme ich sicher
vor Gericht mildernde Umstände. Besonders,
weil ich zukünftige Vergewaltigungen
verhindert habe!"

Das Schwein lächelte sogar.

„Vor einem normalen Gericht bekämen Sie
wahrscheinlich einen Rabatt! Aber nicht vor
meinem Gericht!"

Das Lächeln auf Karamanlis´ Gesicht gefror.
Erst jetzt nahm er richtig wahr, dass ihm von
der Pistole mit Schalldämpfer Gefahr drohte.
Schreien würde auch nicht viel helfen. Sein
Zimmer lag im Annex. Pavlos fand das
ursprünglich ideal. Wenig Kontakt.

„Erinnern Sie sich an Juni 2015?"

„Pfff. Was soll da gewesen sein?"

„Sie haben in Athen einen jungen Mann
vergewaltigt. Zusammen mit zwei anderen!"
Karamanlis überlegte kurz, dann erhellte sich
sein Gesicht.

„Natürlich! Der Schönling! Der hat
gequietscht wie ein abgestochenes

Schwein. Es war köstlich. Aber was hat das mit den Toten in Ano Mera zu tun?"

Alex zitterte vor Wut.

„Nichts. Aber der Schönling ist mein Ehemann!"

Pavlos entgleiste das Gesicht.

Und Alex schoss ihm in die Weichteile.

Als Pavlos vom Sessel fiel, stopfte ihm Alex ein T-Shirt in den Mund. Keine Schreie. Dann sah er zu, wie sich Pavlos vor Schmerzen auf dem Boden wälzte. Er kroch auf Alex zu.

Da schoss ihm Alex in den Kopf.

Er dachte, Pavlos wäre tot. Aber beim Verlassen des Zimmers packte ihn eine Hand und krallte sich fest.

Herrgott, wann stirbst du endlich?

Dritter Schuss. Wieder in den Kopf. Ende.

43

Angelos kam ins Schlafzimmer und stöhnte.
„Aufstehen, alter Mann! Es gibt einen neuen
Mord. Diesmal in einem Hotel!"
Er schüttelte den Kopf.
Alex war schon längst wach und wusste, dass
dieser Tag eine schwere Prüfung für ihn wird.
Wie wird er reagieren?
Wie wird Angelos reagieren?
Er, Alex, bereute nichts.
„Lass uns beim ‚Burro´s' halten und ‚Coffee
to go' holen. Ich bin von den Tabletten
immer noch müde", sagte Angelos.
DAS wird sich gleich ändern, dachte Alex.
Dann machte er einen folgenschweren
Fehler. Er fuhr über den Kreisverkehr in
Richtung Hafen.
„Wo fährst du hin?"
„Zum ‚Kouros'!"
„Ich habe dir nicht gesagt, dass es das
‚Kouros' ist!" „Doch!" „Nein, egal!"
Oh Alexandros Nikakis, du Vollidiot.

Sie betraten das Hotel. Nikos stand mit
finsterem Gesicht hinter der Rezeption. Er
bekam von Alex das Handzeichen „Stopp".
Mit ihm würde er später reden müssen.
„Es ist 304 im Annex", brummte Nikos.
Angelos ging vorweg.

Gleich ist es soweit.

Angelos betrat den Raum.

Und der Kaffeebecher knallte auf den Boden.

„Das ist der Mann. Der Vergewaltiger. Wie … wie kann das sein?"

Angelos ließ sich in genau den Sessel fallen, indem zwölf Stunden vorher Alex saß.

„Dann hat es doch genau den richtigen getroffen hat. Manchmal muss man nur warten können", sagte Alex.

Angelos faltete die Hände. Ab da wird es gefährlich. Ich muss ihn stören, dachte Alex.

„Für dieses Schwein verschwenden wir aber keine Zeit. Er hat es verdient. Außerdem sieht es nach Selbstmord aus!", ergänzte Alex.

„Mach dich nicht lächerlich. Seit wann bringt man sich mit einem Schuss in die Eier um?", fragte Angelos.

„Aber die zwei Kopfschüsse. Vielleicht hat sich der dritte Schuss im Fallen gelöst!"

Angelos sah ihn an, als wäre er geistig behindert.

„Gut, ich sage nichts mehr. Ich hole das Zeug und nehme DNA. Bist du damit einverstanden?"

Alex ging zum Auto. Erwartungsgemäß lief ihm Nikos hinterher.

„Wenn ich gewusst hätte, was das für eine Sauerei gibt, hätte ich dir nie …"

„Nikos, ich war das nicht. Ich war viel früher da und habe nur das Zimmer durchsucht. Ich bin genauso überrascht wie du!"

Nikos knurrte, trollte sich aber.

Alex verrichtete am Tatort seine Arbeit.

Er nahm Speichelproben und verpackte sie.

„Die Fingernägel, Alex!", sagte Angelos tadelnd.

Ihm entgeht nichts. Mist.

Das Schwein hatte ihn am Fuß gepackt, aber er konnte keinen Kratzer erkennen.

Wenn irgendwelche Partikel hängengeblieben sind, säße er schwer in der Tinte.

„Bringst du sie gleich zur Post?", fragte Angelos.

„Sicher" meinte Alex.

„Ach nein, ich muss ohnehin auf die Post. Lass mal!", korrigierte sich Angelos.

„Kannst du so lange hierbleiben, weil Dimitriadis ja auch noch kommt!"

„Sicher."

Mehr brachte Alex nicht hervor.

Sein Mann war viel zu schlau, um es nicht herauszufinden. Es hatte Angelos keine Befriedigung verschafft. Keine Spur von Erleichterung oder Triumph.

Er hatte sich vollkommen verschätzt.

Dann blieben noch die ganzen Lügen, seine Lügen.

Ihm wurde ganz schlecht.

Das Einzige, was er bereute, waren die Lügen, nicht die Tat.
Er hatte noch 48 Stunden Schonzeit.
Solange dauert die Analyse bei der Polizei.

Zwischenzeitlich war auch Dimitriadis gekommen.
„Ah, und wieder einer in der Blutlache!", knurrte er.
„Irgendeine Chance auf Selbstmord?", fragte Alex leise.
Dimitriadis schaute sich die Leiche an.
„Sag mal, bist du auf Drogen?"

44

„ALEX!!"
Man hörte Angelos durch das ganze Haus
brüllen.
Alex hatte sich tags zuvor ins Bett
verabschiedet. Ihm war wirklich schlecht.
Schlecht vor Angst. Panischer Angst.
Er musste aufpassen, dass er nicht die Treppe
hinunterfiel.

Mit hängendem Kopf betrat er die Küche,
doch überraschenderweise lächelte
Angelos.
„Gute Nachrichten. Der Kouros-Mann war
der Täter in beiden Ano Mera-Fällen. Die
DNA stimmt überein. Fälle gelöst. Das gibt ein
dickes Lob vom Bürgermeister, der Kirche
und noch einen dicken Scheck. Gute Arbeit,
Kollege", sagte er.
Alex lächelte schwach.
Er wollte schon wieder nach oben gehen, als
er hörte:
„ABER MIT MEINEM MANN HABE ICH EIN
ERNSTES WORT ZU SPRECHEN!"
Alex ging zurück in die Küche und setzte sich
auf den Anklagestuhl.
„Ich habe noch eine Übereinstimmung. Die
DNA unter den Fingernägeln Kouros – UND
DEINER ZAHNBÜRSTE!

„Du hast meine Zahnbürste mit einge-
schickt?"
Angelos grinste.
„Ja bin ich denn jetzt der Superbulle oder
nicht?"
„Das bist du, zweifellos", sagte Alex leise und
resignierend.
„Ich konnte nicht anders. Ich dachte, es
würde dir helfen. Ich lag falsch! Wie geht es
nun weiter?"
Angelos schaute ernst.
„Komm her!"
Angelos nahm Alex in den Arm und drückte
ihn fest.
„Jetzt wieder hinsetzen und zuhören!"
Er machte eine dramatische Pause.

„Du warst vor der Tat im ‚Kouros', sagen wir,
gegen 20.00 Uhr, was ich bestätige. Die
Probe der Zahnbürste habe ich schon
vernichtet. Sie lief eh auf einen anderen
Namen. Nicht begeistert bin ich über die
ganzen Lügen, aber du hast das sehr klug
und geschickt gemacht, Respekt. Aber
natürlich nicht gut genug für einen …"
„Superbullen!", sagte Alex lachend.
„Ein Kommissar als Mörder!"
Angelos schüttelte den Kopf.
„Ich weiß. Ich hatte gehofft, er habe etwas
mit Ano Mera zu tun, auch wenn es nur ein

Verdacht war. Aber selbst, wenn nicht: ich hätte es getan. Er sollte büßen für das, was er meinem Ehemann angetan hat. Die anderen waren mir ziemlich egal. Dass ich ihn töten würde, wusste ich noch nicht einmal, als ich in dem Sessel saß.

Erst als er damit prahlte, war mir klar: ich muss diesen Dreckskerl erschießen. Als Mörder eigne ich mich trotzdem nicht. Schon nach zwei Tagen erwischt man mich!"

Angelos lachte.

„Und nun hör mir genau zu. Als ich das tote Schwein sah, hat es mich fast zerrissen vor Freude!"

Alex schaute verblüfft. „Aber …"

„Klappe, Alex.

Ich hätte nie geglaubt, dass jemals jemand für mich so etwas tut. Für mich tötet – aus Liebe. Um mir zu helfen, besser damit zurechtzukommen. Und gleich breche ich deswegen in Tränen aus."

„Dann tu´s doch einfach", sagte Alex.

„Du bist der außergewöhnlichste Mensch, den ich je kennengelernt habe", antwortete Angelos schon unter Tränen.

„Und ich werde dich nie enttäuschen!"

Paul Katsitis – Die Bestie von Mykonos

Zwei Kriminalbeamte, Alexandros und Angelos, quittieren den Dienst und eröffnen gemeinsam auf Mykonos eine Bar. Nebenher betreiben sie eine kleine Privat-Detektei. Da die Polizei chronisch unterbesetzt ist, werden Alex und Angelos – wegen ihrer Erfahrung - regelmäßig hinzugezogen.
Mykonos ist in Aufruhr. Offensichtlich foltert, vergewaltigt und tötet ein Mann junge Touristen. Um ihn zu stellen, bleibt nichts anderes übrig, als dass Angelos den Lockvogel spielt – mit furchtbaren Konsequenzen ...

Paul Katsitis – Der Der-Sterne-Mord

Im besten Restaurant der Insel wird der Chefkoch, ehemals Leibkoch Gaddafis, mit durchschnittener Kehle aufgefunden. Ein schwieriger Fall für Alex und Angelos, zumal die eigene Familie mit beteiligt ist. Der Fall erfährt eine erstaunliche Wendung, als die beiden Ermittler erfahren, dass der britische

Außenminister Mykonos besucht – auf dem Landsitz des griechischen Premierministers.

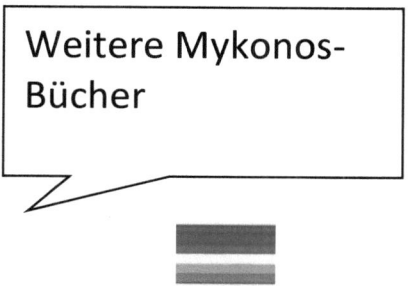

> Weitere Mykonos-Bücher

MYKONOS LOVE STORY 1
Von Michael Markaris

Die brennende Gestalt taumelte und fiel mit einem Zischen zu Boden.
Ein letztes Stöhnen und es war vorbei.

Kommissar Paul Pandis steht vor einem Rätsel. Ein gewöhnlicher Buschbrand entpuppt sich als Doppelmord.

Doch Pandis hat noch ein Problem:
Er hat sich verliebt. In seinen Kollegen Angelos. Ein Coming-Out mit 53!
Sein Leben wird zur Achterbahn, aber auch zur glücklichsten Zeit seines Lebens.

MYKONOS LOVE STORY 2
PREQUEL 1

High Society wie die Kunstwelt blicken nach Mykonos. Ein bisher verschollen geglaubtes Zaren-Ei soll auf der Insel ausgestellt werden. Ein Sicherheits-Alptraum für Kommissar Paul Pandis.
Dennoch: zumindest keine Mordermittlung. Zunächst.
Dann wird auf einer Yacht eine weibliche Leiche gefunden.
Es ist Pandis´ Ex-Frau.
Und die war zuvor wenig begeistert davon, dass Pandis nun mit einem Mann verheiratet ist.

MYKONOS LOVE STORY 3
PREQUEL 2
Morgenröte über Mykonos

Er lag mit dem Rücken auf etwas und war
gefesselt. Was war hier los?
Ich bin doch nur ein Tourist?
Es muss ein Missverständnis sein.
Er konnte sich nur an einen Schlag erinnern.
Dann das große Nichts. Er hörte Schritte.
Chrysi Avgi, es lebe die Goldene
Morgenröte!"
Dann hielt einer der Männer seinen Kopf
hoch.
Der Andere rammte ihm zwei dünne,
orthodoxe Gebetskerzen in die Nase.

Kommissar Pandis und die ganze Insel sind
fassungslos angesichts zweier brutaler Morde.
Die Spur führt ihn zur „Goldenen
Morgenröte", einer rechten Splitterpartei.
Und für Pandis und seinen jungen Ehemann
Angelos wird es richtig gefährlich, denn als
Schwule sind sie das „Hassobjekt No.1!"

MYKONOS LOVE STORY 4

Gas Gas, Gas!
Der Motor röhrte.
Die Reifen qualmten.
Dann bekamen sie Grip.

Der Ferrari wurde immer schneller.
Passierte das Ortsschild.
Vor ihm der große Kreisverkehr.

Pedal, kein Druck, Erstaunen.
Pedal, kein Druck, Panik.
Dann flog er über das Geländer und krachte
in das Denkmal.
8 Min 42 Sekunden von Ano Mera.
Das war neuer Rekord. Es war sein letzter.

Kommissar Paul Pandis und Ehemann
Angelos halten es zunächst für einen
Verkehrsunfall. Das Unangenehme: Das
Opfer ist der Sohn des Bürgermeisters. Doch
der Wagen war gestohlen. Und es Ist beileibe
nicht der erste verschwundene Ferrari auf
der Luxus-Insel.

Und eine weitere schwere Prüfung steht
Pandis bevor: Angelos´ Eltern kommen zu
Besuch.

MYKONOS LOVE STORY 5
RAPE

Angelos ertappt Paul bei einem vermeintlichen Seitensprung – ausgerechnet mit seinem Bruder Christos – und verlässt Paul. Als sich herausstellt, dass sie Opfer einer Intrige wurden, wird Angelos´ Bruder tot aufgefunden.

Und Angelos wird als mutmaßlicher Mörder verhaftet. Ein sehr persönlicher Fall für Kommissar Paul Markaris, (früher Pandis), in dessen Verlauf er selber zum Opfer wird – einer Vergewaltigung.

MYKONOS LOVE STORY 6
Der rosa Leopard

Die beiden schwulen Ermittler Alex und Angelos nehmen die ersten Anzeichen nicht ernst. Doch als immer mehr Partygäste auf Mykonos Opfer einer neuen Superdroge werden, kommen sie den

Händlern schnell auf die Spur. Problem: Es sind Libyer von unvorstellbarer Brutalität.

Zuvor muss das Ehepaar Markaris noch eine weit schlimmere Klippe meistern: nach einem Einsatz in Athen - bei einer Geiselnahme -begeht Angelos einen Seitensprung – mit einer Frau. Das große Glück scheint vorbei.

MYKONOS LOVE STORY 7

Fortsetzung des „Rosa Leoparden"

RÜCKKEHR DER LEOPARDEN

Noch immer sind Paul und Angelos, die beiden schwulen Ermittler aus Mykonos, hinter den libyschen Drogenhändlern her, die die Insel mit einer neuen Substanz überschwemmen. Und mit Folterdrohungen ganz Mykonos in Angst und Schrecken versetzen.

Doch dann wird Angelos entführt und gefoltert.

Als sich Paul auf die Suche begeben will, geschieht auf Mykonos ein Mord auf einem Kreuzfahrtschiff.
Was hat Priorität für Kommissar Markaris?
Natürlich sein Mann …

MYKONOS LOVE STORY 8

Crash – Absturz!

Beim Landeanflug auf Mykonos zerschellt ein Airbus. Ein Horror für Kommissar Alex Markaris und seinen Ehemann Angelos, denn wie sollen zwei Ermittler und drei Inselpolizisten eine solche Katastrophe bewältigen? Zumal im Laufe der Untersuchungen klar wird: es war kein Unfall.

Auch privat geht es bei den beiden turbulent zu: Angelos stürzt – Verdacht auf Schädel-Hirn-Trauma.

MYKONOS LOVE STORY 9

Der tote Pelikan

Auf Mykonos ist man entsetzt: das Maskottchen der Insel – der Pelikan Petros – wurde massakriert. Als Alex und Angelos, die beiden schwulen Ermittler, den Täter aufspüren, hat dieser sich schon erhängt. Es ist der 17-jährige Enkel des örtlichen Richters, der kurz zuvor Angelos seine Liebe gestand.
Als hätte Alex damit nicht schon genug am Hals: er hat auch noch Geburtstag und wird 54. Aber sein Ehemann, 28, zieht alle Register, um es keinen Trauertag werden zu lassen.

MYKONOS LOVE STORY 10

Photià-Feuer

Vor einem Beachclub findet man den Kopf des Friedhofsgärtners von Mykonos.
Leicht zu transportieren, denkt Kommissar Alex Markaris. Andererseits: wenig zu obduzieren.
Und dieser Mord kommt Markaris äußerst ungelegen.
Denn zwei Tage, nachdem er und sein Mann Angelos

in ihr gemeinsames Haus eingezogen waren, brannte
es ab. Angelos wäre beinahe ums Leben gekommen.
Und: es war Brandstiftung!

JENSEITS VON
MYKONOS

Es war vorbei.
Seine Füße begannen zu versagen.

Immer wieder Wasser. Salzwasser. Es rann die
Speiseröhre hinunter und brannte im Magen.
Sehen konnte er auch nicht mehr viel. Das
Salz brannte auch in den Augen.
Er merkte, dass er immer öfter unterging.
Wer hat mich verraten? WER?
Dann kam die Erkenntnis: Es ist egal. Denn Du
bist tot.

Kommissar Paul Pandis steht ratlos in einer
Kunstgalerie.
Auf einer Skulptur, einem blauen Stier, hängt
eine Leiche, der Galeriebesitzer.